나는 수면제를 끊었습니다

나는 수면제를 끊었습니다

정윤주 지음

나를 살리기 위해 낸 용기

시크릿하우스

나는 수면제를 끊었습니다

진정한 나로 살기 위한 준비

나로 살고 싶었다. 내 감정과 생각, 그에 따른 행동을 하는 나다운 삶을 살고 싶었고 나답게 살면서 다른 사람의 삶을 변화시키는 사람이 되고 싶었다. 어떠한 단어나 직업으로 정의해야 하는지 알 수 없었지만 나를 가슴 뛰게 하고 영감을 주는 사람들처럼 나 역시 이 세상에 존재하는 한 사람으로서 나를 오롯이 느끼며 다른 사람들을 변화시키는 삶은 생각만 해도 가슴 떨리고 설렜다.

미성숙한 마음으로 몸만 성인이 된 채 결혼을 했고 아이를 낳고 이혼을 했다. 이혼으로 야기된 극도의 불면증으로 수면제 없이는 일상 생활을 전혀 할 수 없었고, 꿈이라는 단어는 말하기조차 부담스러운 사치품으로 전락했다. 당장 ADHD(Attention Deficit Hyperactivity Disorder, 주의력 결핍 과잉행동 장애)인 두 아이와 살아남아야 했고, 보란 듯이 잘 사는 것이 나를 파괴하고 산산조각 내버린 사람들과 세상에 대한 가장 큰 복수이자 나와 아이들을 위한 최선이라고 생각했다.

의미 없는 열심 속에 간신히 안정을 되찾고 남들과 비슷해 보이는 삶을 얻었지만 행복하거나 불행하지 않았다. 딱히 슬프지도 기쁘지도 않은 삶 속에서 어느새 감정을 잃고 나를 잃었다. 공허하고 엇나간 삶을 사는 것 같았지만 이유를 알지 못했고 이러한 삶이라도 유지하게 해주는 수면제가 당시에는 고마웠다.

7년간의 삶을 지탱해준 수면제는 어느덧 감정과 생각, 행동, 신체의 모든 것을 잠식해 나를 수면제의 노예로 만들어버렸다. 나 스스로는 중독이라고 생각하지 않았지만 어디를 가든 가장 먼저 챙기는 것은 수면제였고, 수면제 없는 밤은 생각할 수 없었으며, 수면제가 보이지 않으면 불안했다. 잠들기 직전 수면제를 입에 다 털어 넣고 아무 상념 없이 잠들 수 있는 시간이 하루 중 가장 행복한 시간이었다.

내가 꿈꾸던 삶은 이런 삶이 아니었다. 수면제 없이는 살 수 없는 중독자나 노예의 삶이 아니라 나로 살아 숨 쉬고 싶었다. 피해자의 삶, 원하지 않지만 어쩔 수 없이 끌려다니며 간신히 사는 수동적인 삶이 아니라 진심으로 원하는 꿈을 스스로 이뤄가는 능동적인 삶을 살고 싶었다.

형편과 여건이 갖춰져 있을 때도 이루지 못한 꿈을 ADHD인 두 아이의 싱글맘이자 수면제 중독자가 어떻게 이룰 수 있을까? 마음 깊이 외면하고 묻어두었던, 사치나 다름없는 '다른 사람들의 인생을 변화시키고 싶은 꿈'이 나를 인도했고 수면제를 끊게 하는 원동력이 되었다.

'일단 수면제부터 끊자.'

아무런 준비나 계획, 꿈에 대한 생각 없이 깊은 내면의 울림에 따라 덜컥 수면제 졸민을 반 알로 줄이며 꿈을 향한 여정을 시작했다.

차례

Part 1

끝이 보이지 않는 고통의 터널

Part 1

끝이 보이지 않는
고통의 터널

나는 수면제를 끊었습니다

Chapter 1

수면제라는 절대 반지를 빼다

미친 게 아니야

날개는 없었다. 허공에 아무리 팔을 휘저어 봐도 날개는 나오지 않았고 수호천사도 나타나지 않았다. 드라마에서는 주인공이 옥상에서 떨어지면 눈부신 하얀 날개가 펼쳐지며 하늘로 다시 날아오르거나 미소년 같은 수호천사가 나타나 주인공을 무사히 구해주었지만 현실은 달랐다. 한때 주인공 같은 삶을 꿈꾸기도 했지만 지금은 고통에 몸부림치는 한낱 아줌마에 불과했다. 그나마 주인공과 비슷한 가느다란 팔로 힘껏 휘저었지만 드라마와 달리 끝도 없이 떨어졌다. 아무리 고층이라도 어떻게 한없이 떨어지기만 하는지 신기하다는 생각이 들 때쯤 떨어져도 괜찮다는 울림이 온몸에 퍼졌다.

'수호천사처럼 안전하게 받아줄게. 막상 떨어지면 콘크리트는 그리 딱딱하지 않고 다치게 하지도 않아. 일단 베란다에서 날아올라 봐. 네게 자유를 줄 거야.'

미친 사람처럼 딱딱한 콘크리트 바닥이 내게 속삭이는 듯했다. 환청이 들리는 것은 아니었지만 떨어져도 괜찮다는 암시가 온몸에 전해져왔다. 나를 안전하게 받아주지 않을 거라는 것, 떨어지면 그대로 죽는다는 것도 알고 있었지만 이러한 생각은 의미 없는 하나의 지식처럼 겉돌았다. 왠지 베란다 창문을 열고 발끝을 살짝 밀어 공중에 몸을 맡기면 어릴 때 해본 상상처럼 솜사탕 같은 구름이 나를 포근히 감싸고 바닥에 떨어지는 순간 가벼운 공처럼 튕겨 오를 것 같았다.

'순간의 무서움만 극복하면 돼. 정말 잠깐이야.'

아무리 떨치려고 해도 창문을 열고 베란다 난간 위로 올라가 몸을 맡기면 고통이 끝날 것이라는 생각과 함께 공중에서 떨어지는 장면이 눈앞에 계속 펼쳐졌다.

'난 날개가 없어, 착각하지 마. 떨어지면 죽어.'

'단 한 번도 베란다에서 떨어지려고 한 적이 없는데 왜 자꾸 눈앞에 떨어지는 장면만 보이는 거지?'

'절대 떨어지거나 죽고 싶지 않아.'

'그런데, 자꾸만 왜 이러는 걸까?'

구토가 밀려오고 식은땀이 폭포수처럼 쏟아졌다. 기력이 없는 와
중에 꿈인지 생시인지 눈을 감아도 눈을 떠도 베란다에서 떨어지는
장면만 어른거려서 벽 쪽으로 엉금엉금 기어갔다. 어지러운 머리를
흔들며 최대한 눈을 부릅뜬 채 무더위 속에서도 냉기만 느껴지는 벽
에 찰싹 붙어 앉았다. 당혹스러움과 난데없는 죽음에 대한 공포로
입술과 치아가 딱딱 부딪히며 떨렸고, 온몸은 누가 물을 끼얹은 듯
땀으로 흥건히 젖었다. 통제할 수 있는 것은 하나도 없다는 듯 의지
와 상관없이 손가락이 바들바들 떨렸고, 살아 있다는 증거를 보여주
고 싶은 것처럼 심장이 미친 듯이 뛰었다. 화장실에 가고 싶었지만
움직였다가는 나도 모르게 베란다 앞에 서 있을까봐 차마 일어날 수
없었다.

'이제는 하다 하다 헛것이 다 보이는구나. 약을 끊다가 오히려 미
쳐버리는 건가?'

'아니야, 난 미치지 않았어. 잠을 너무 못 자서 그래. 좀 지나면 괜
찮을 거야. 이 고비만 넘기면 돼.'

2012년부터 2019년까지 약 7년 동안 수면제와 항우울제를 복용하
며 지냈지만 약을 끊는다는 생각을 진지하게 해본 적이 없었다. 막

연히 좀 좋아지면 언젠가는 자연스럽게 약을 줄이고 끊을 수 있을 것이라고 생각했다. 정신과에서 상담하고 처방받는 수면제였지만 약을 끊으면 다시 잠을 못 자고 힘들어질 일상생활을 생각하니 아예 끊는다는 엄두를 내지 못했다. 게다가 수면제와 항우울제를 복용하는 것에 무뎌져서 그럭저럭 괜찮은 삶을 살고 있다고 생각했다.

잠에 집착했고 집착이 큰 만큼 결코 놓을 수 없었다. 어떻게 이룬 잠과 일상인데 포기할 수 있을까? 잠을 자지 못해 힘들던 지난날, 불면증의 괴로움에 몸부림치던 수많은 밤, 밤마다 쉬지 않고 쏟아지는 온갖 생각과 감정에 맞서 에너지를 소진하고 맞이하는 아침은 새롭게 하루를 시작하고자 하는 사람들에게 주어지는 밝고 희망찬 아침이 아니었다. 내게는 밤의 전쟁터에 나가기 위해 준비하는 짧은 휴전 상태에 불과했다. 싱그러운 햇살과 맑은 하늘은 밤새 불면의 고통과 싸우느라 탈진한 나를 오히려 비웃는 것만 같았다. 커튼을 여미어 햇빛과 외부 공기를 차단했다. 움직이지 않았고 움직일 기운도 없었다. 낮에 끌어당길 수 있는 모든 에너지를 모아 밤의 전쟁을 준비해야 했다.

식물인간이나 다름없이 시체처럼 누워 있던 불면의 시절로 다시 돌아갈 수 없었다. 수면제는 단지 잠을 자게 하는 것이 아니라 피노키오에게 생명을 불어넣어준 제페토 할아버지처럼 죽은 사람을 다시 깨어나게 해준 은인이나 마찬가지였다. 수면제로 인해 먹고, 자고, 일상생활을 하고, 일하며 숨을 돌릴 수 있었다.

한때 나는 세상과 스스로에 대해 제대로 알지 못한 채 '그래서 그들은 결혼 후 행복하게 살았습니다'로 마무리하는 어느 동화의 엔딩처럼 행복한 결혼생활을 꿈꾸었고 꿈을 이룬 줄로만 생각했다. 그러나 이혼하며 꿈은 공중분해되었다.

터질 듯 두근거리는 심장과 치밀어 오르는 분노로 물 한 모금조차 쉽사리 넘길 수 없었다. 자려고 애를 썼지만 나를 이렇게 만든 세상과 사람들에 대한 분노로 눈동자에 핏발이 선 채 밤을 지새웠다. 하얗게 밤을 지새우는 날이 길어지면서 일상생활이 힘들어졌다. 잘 수도, 먹을 수도 없이 병원 응급실에서 수액을 맞아야 간신히 하루를 지탱할 수 있었다. 살고 싶어서 살려달라고 애원했고, 보다 못한 의사는 신경안정제인 바리움을 처방해주었지만 약은 전혀 듣지 않았다.

이후 정신과에서 처방받은 수면제 덕분에 거짓말처럼 잠을 잘 수 있게 되었다. 수면제의 효과는 강력했고 놀라웠다. 진작 복용할 생각을 왜 하지 않았는지 정신과 약이라는 편견에 망설이던 나의 선입견을 비웃었다. 불면증 치료에 수면제와 견줄 수 있는 것은 아무것도 없었다.

현대 의학의 놀라운 발전에 감사하며 마음 편히 7년을 지냈는데 대체 뭐가 잘못된 걸까? 수면제 덕분에 가까스로 안정을 되찾고, 안정을 누린다고 생각해서 서서히 약을 끊고 있는데 대체 왜 눈앞에 환영이 보이는 걸까?

다른 사람들에게 내 의지와 상관없이 베란다에서 뛰어내리는 장면이 눈앞에 어른거린다고 말하면 나를 미친 사람 취급할 것이 분명했다. 공상과학 영화처럼 칩이나 다른 약물을 주입시킨 것이 아니라 순전히 뇌에서 만들어낸 자살 충동이 분명했지만 내가 의도한 생각이 아니라는 것을 입증할 방법이 없었다. '뇌 따로 생각 따로'라며 뇌를 꺼내어 보여주고 싶었지만 내 생각인 동시에 내 생각이 아닌 생각과 필사적인 의지로 대항해 싸우고 있다는 말도 안 되는 진실을 과연 누가 믿을 수 있을까?

'수면제를 줄였더니 나는 그러고 싶지 않은데 자꾸만 베란다에서 뛰어내리려고 해.'

스스로도 어처구니없는 이런 상황을 엄마는 또 친구는 이해할 수 있을까? 아니 정신과 원장님은, 심리상담 센터 원장님은 이해할 수 있을까? 나 또한 이런 경우를 한 번도 듣거나 보지 못했는데 친구나 가족이 이런 이야기를 하면 이해할 수 있을까? 다들 내가 미쳤다고 할 게 분명했다. 게다가 혹시나 내가 진짜로 죽을까봐 얼마나 걱정하고 두려워할까? 그렇다면 나의 안전과 주위 사람들을 생각해서 잠시라도 정신병원에 입원해야 할까? 머릿속 회로는 점점 꼬여 들어갔고 가슴은 터질 듯 답답했다. "임금님 귀는 당나귀 귀"라고 외쳤던 복두장이처럼 대나무 밭이라도 있으면 외치고 싶었지만 대나무 밭은커녕 집에서 꼼짝할 수 없으니 입을 꾹 다물 수밖에 없었다. 이혼이라는 사실만으로도 큰 상처인 아이들에게 정신병원에 입원한 엄마라는 기막힌 아픔까지 안기고 싶지 않았다.

소량으로 시작한 수면제는 7년이란 시간이 지나면서 그 양이 점점 늘어났지만 언젠가 상황이 좋아지고 안정되면 자연스럽게 끊을 수 있을 거라고 생각했다. 물론 감기약이나 소화제 같은 일반적인 약보다는 힘들겠지만 몇 주 정도 고생하면 끊을 수 있을 거라고 막연하면서도 당연한 마음이 있었다. 끊기 힘들다는 건 상식적으로 알았지만 한 번 시작한 수면제를 끊지 못해서 어쩔 수 없이 평생 먹는다는 이야기 역시 들어보지 못했으니까.

수면제 덕분에 전쟁 같은 시간을 버티며 안정된 삶에 한 발 다가갈 수 있었다. 쉼 없이 달려온 삶은 고단했고, 약에 대해 무지했으며, 약에 대해 좀 더 상세히 알아볼 마음과 생각의 여유가 없었다. 무엇보다 수면제나 항우울제 정도는 당연히 병원에서 환자의 상태에 따라 알아서 처방해준다고 믿어야 신경 써야 할 많은 일들 가운데 한 가지라도 덜 수 있었다. 또한 약을 복용하기 시작할 때 아무도 내게 약을 장기간 복용하다 끊을 때 어떠한 과정을 겪는지 이야기해주지 않았다. 생각보다 많은 사람들이 불면증으로 고생하며 수면제를 복용한다는 이야기는 들었지만 수면제를 끊는 과정에서 자살하는 환영이 보여 죽었다는 이야기는 들어보지 못했다.

그런데, 이게 대체 무슨 일일까?

:
대체 뭐가 잘못된 거지?

둘째를 낳은 후 큰아이가 동생에 대
해 지나칠 정도로 과민하게 반응했다. 동생을 향한 당연한 질투를
넘어서 정도가 지나쳤다. 구순구개열(선천적으로 윗입술이나 입천장이
갈라진 것)로 태어난 큰아이는 여러 번 수술을 받았다. 잦은 수술과
불편 때문에 예민할 수밖에 없었지만 뭔가 이상했다. 그러다 4살 무
렵 아동 심리 전문가에게 ADHD(주의력 결핍 과잉 행동 장애)라는 소
견을 받았고, 놀이 치료를 시작했다. 둘째 역시 4살 무렵 의사로부터
동일한 소견을 받은 후 아이들은 내내 상담 치료를 받았다.

일주일에 한 번씩 두 아이의 치료를 다녔고 또 다른 하루는 나를
위해 다른 병원에서 상담을 받고 수면제를 처방받았다. 두 곳 모두

집에서는 거리가 있었기 때문에 일주일에 이틀씩 상담 치료를 다니는 것만으로도 녹초가 되었다. 더 이상의 에너지 소모를 줄이기 위해 집 근처에서 상담 치료를 받을 수 있는 곳을 알아보기 시작했다.

7년간 같은 병원과 심리상담 센터를 다녔기 때문에 다른 곳으로 옮기는 것에는 상당한 용기가 필요했다. 다행히 그 무렵(2019년 5월) 어느 정도 내 삶의 패턴이 익숙해지고 안정이 되어간다는 느낌이 들어서 용기를 낼 수 있었다. 전부터 눈여겨보던 심리상담 센터가 있었는데 마침 블로그 이웃 역시 동일한 센터를 소개해주어 편한 마음으로 갈 수 있었고, 한 달 정도 다녀본 후 아이들 역시 그 센터로 옮기며 모두 같은 원장님께 상담을 받게 되었다.

'약을 끊어도 되지 않을까? 이제는 약을 끊자.'

7년간 다닌 병원에서 약을 줄일 것을 종종 권유하며 졸민(수면제)부터 줄이라고 했던 말이 문득 생각났다. 심리상담 센터를 옮기고 이동 거리에 대한 부담이 확연히 줄어들자 평온한 미래를 기대하며 약을 끊기로 마음먹었다.

'나도 약을 먹지 않는 사람들처럼 지낼 수 있겠구나!'

수면제를 쉽게 놓을 수 없었지만 떳떳하지 못했다. 숨기거나 부끄러워해야 할 일은 아니었지만 그렇다고 당당히 드러낼 만한 일도 아니었다.

그저 그런 크리스천이 아닌 독실한 크리스천으로 살고 싶었다. 독실한 크리스천과 수면제 사이에는 큰 상관관계가 없었지만 독실함에 있어서 나 스스로 용납되지 않았다. 아이들에게도 여느 엄마들처럼 수면제에 의존하지 않는 보통의 좋은 엄마로 살고 싶었다. 수면제를 복용하지 않는다고 좋은 엄마가 되는 것은 아니지만 내가 생각한 좋은 엄마에 매일 밤 수면제를 먹는 엄마는 포함되지 않았다.

'잠을 못 자서 한동안 힘들겠지만 일정 기간이 지나면 내가 원하는 삶을 살 수 있을 거야.'

새로운 병원으로 옮기기 전에 졸민부터 줄이기로 했다. 약을 끊을 계획으로 어차피 줄일 약이니 미리 줄이면 도움이 될 것 같았다.

7년이나 복용하면서도 약에 대한 설명이나 부작용을 유심히 보지 않았고 약의 색깔이나 모양도 제대로 보지 않았다. 당시만 해도 수면제에 관심을 갖고 주의를 기울인다는 것은 고통스러운 불면증이나 감정을 마주하는 것과 동일했기 때문에 가능한 살펴보지 않고 재빨리 삼켰다. 하루 일과를 마치고 시커먼 어둠이 깃든 방에서 수면제를 먹고 최대한 빠른 시간 안에 깊고 편히 잠드는 것이 유일한 즐거움이자 기쁨이었다. 수면제만 있으면 아무것도 생각하지 않을 수 있었고, 온갖 상념을 차단할 능력을 마음껏 발휘할 수 있었다. 뜻대로 할 수 있는 것이 없어서 괴로운 나에게 가장 통제하기 힘든 잠을 통제할 권력을 주었던 수면제, 이제는 그 절대반지를 빼야 하는 순간이 다가왔다.

졸민을 반으로 자르면서 약의 정중앙에 그어져 있는 선이 처음으로 눈에 들어왔다. 약이 가진 절대 권력과 달리 약은 고운 빛깔을 띠었다. 수년간 통제할 수 없던 잠에 대한 극심한 공포 때문에 또다시 잠을 자지 못할까봐 약간 겁이 났지만 취침 전에 복용하는 약이 졸민 외에도 7개가 남아 있으니 괜찮다고 다독이며 자리에 누웠다. 반 알로 줄였지만 막상 잠이 조금 늦게 드는 것 외에는 생각만큼 힘들지 않았고 밤을 새우지도 않았다.

'병원에서 알려준 대로 졸민부터 끊기 시작하니 별 문제없구나. 이렇게 조금씩 끊으면 되는구나. 생각보다 별거 아니네. 다른 약들이 워낙 많아서 그렇겠지만 일주일 정도 있다가 졸민을 완전히 끊으면 되겠어.'

졸민으로 시작한 단약(斷藥, 약을 끊는 것)의 첫걸음은 예상보다 가벼웠고 단약에 대한 부담을 조금은 내려놓을 수 있었다.

"글쎄요, 안압이 약간 높은 것 외에는 특별한 이상이 없는데요. 노안이 오긴 했지만 그렇다고 이런 증상이 나타나지는 않아요. 시력도 좋으신데… 이상하네요. 일단 인공눈물을 넣어보고 그래도 불편하시면 다음에 오실 때 돋보기를 고려해보세요."

타고나길 팔삭둥이에 허약했지만 시력은 항상 좋았다. 골골거리는 몸과 달리 초등학생 때부터 늘 안정적이고 좋은 시력을 유지했기에 안경이나 렌즈를 착용하지 않아도 된다는 뿌듯함이 있었다.

'심리상담 센터와 병원을 가까운 곳으로 옮겨서 훨씬 편해졌는데 눈도 그렇고 왜 점점 더 피곤해질까? 별다른 이상이 없다는데 시야가 너무 뿌옇고 앞에 있는 표지판 글씨도 흔들리고 잘 보이지 않는데… 노안이라 그렇겠지?'

평소에 시력이 좋을 뿐더러 아무 이상 없던 눈이라 여름부터 눈에 뿌연 안개가 끼다 못해 사물이 서너 개로 흔들려 보이자 불편함을 넘어서 불안했다. 안구 건조증이 심한 것 같아서 안과에 갔으나 이상이 없다는 말에 안도감이 들면서도 오진일지도 모른다는 생각이 떠나지 않았다. 노안이라면 익숙해지는 것 외에는 별다른 방법이 없었다. 노화가 급속도로 진행되는 눈에 익숙해지고자 애썼지만 안구 통증과 작열감까지 점점 심해졌고 무엇보다 쓰고 있는 글씨마저 초점이 맞지 않아 글을 쓰거나 읽는 것조차 힘이 들었다.

큰 글씨를 봐도 초점이 맞지 않아 급기야 돋보기를 맞췄는데 작은 글씨는 한결 선명하게 보였지만 전반적인 증상은 여전히 나아지지 않았다. 돋보기로 인해 한동안 어지러울 수 있다고 해서 참고 지내봤지만 단순한 노안으로 생각되지 않을 만큼 불편했다. 친정 엄마도 읽을 수 있는 큰 글씨나 표지판의 글씨가 여러 개로 흔들려 보였고 아이들의 얼굴, 길을 걷다 보이는 도로, 거울에 보이는 내 얼굴이 여러 개로 겹쳐서 보였기 때문에 점점 길을 걷거나 사람을 바라보는 것이 힘들어졌다. 상당히 이상했지만 무엇이 이상한지 딱히 가늠할 수 없었다.

왕복 3시간을 소요하며 다니던 아이들의 치료와 강남까지 다니던 나의 심리상담 센터를 집 근처로 옮기면서 한결 몸이 수월해졌는데 도대체 왜 이런지 의아했다. 기특하게도 7년이나 복용한 수면제와 항우울제마저 줄이기 시작했는데 왜 이런 걸까? 보다 나은 삶을 살기 위해 노력하고 애쓰는데 뭔가 이상했다. 이제는 삶이 평안해도 될 것 같고, 평안함과 안정을 누릴 권리가 있다고 생각하는데 몸과 마음은 점점 더 불편해졌다.

눈에 이상이 느껴진 것과 함께 시작된 증상은 또 있었다. 평소 땀을 흘리지 않는 편인데 유독 식은땀이 줄줄 흘러내렸고 속은 더부룩하니 답답했다. 나른한 오후 시간에 소소한 행복을 느끼며 마시던 커피 역시 속이 울렁거려서 마시기 힘들었고 도통 입맛이 없었다.

'대체 뭐가 잘못된 거지?'

나는 수면제를 끊었습니다

엎친 데 덮친
이상한 여름

왼쪽 가슴이 조이고 경련이 일어나서 선잠을 자던 중 깨고 말았다. 할 수 있는 한 왼쪽 가슴을 최대한 문지르며 가슴과 연결된 부위의 근육을 마사지볼로 풀어주었다. 여전히 뻐근했고 누군가 내 심장을 움켜쥐고 잡아 뜯는 것 같았다. 심장의 이완과 수축에 따라 온몸이 함께 움직였고 스피커가 달린 듯 심장 박동 소리가 크게 울리면서 이내 심장이 피부를 뚫고 튕겨져 나올 것만 같았다.

'너무 이상해. 응급실에 가야 하나? 어떡하지?'

공포와 두려움으로 밤을 새우고 심장내과에 갔다. 빈맥과 부정맥 진단을 받고 약을 복용했지만 심장은 여전히 뻐근하니 터질 것만 같았다. 경과를 지켜보다 24시간 착용하며 검사하는 홀터 검사를 했고 다른 이상 없이 진통제만 추가되었다.

심장에만 이상이 있는 것이 아니었다. 눈은 점점 더 뿌옇게 흔들렸고 초점이 맞지 않는 탓에 안구 통증을 넘어 심한 어지러움과 두통이 생겼다. 식은땀 역시 날이 갈수록 주체할 수 없이 흘러내렸다. 여름에도 7부 소매를 입을 만큼 더위를 별로 타지 않았는데 민망할 정도로 전신에서 식은땀이 줄줄 흘렀다. 두피로부터 얼굴과 목을 타고 줄줄 흘러내리는지라 심리상담 센터에서 손수건을 놓지 못한 채 연신 땀을 닦았고 휴지를 건네주시던 원장님은 에어컨 세기를 더욱 세게 올리셨다. 차가운 에어컨 바람에 발이 시리고 전신이 오그라드는데도 어찌나 땀이 흐르는지 민망했다. 샤워하고 옷을 갈아입은 후에도 쏟아지는 땀 때문에 새 타올을 준비해두고 다시 땀을 닦아야 할 정도였다. 갱년기가 의심스러워 산부인과에도 가봤지만 특별한 이상이 없다고 했다. 다행이면서도 여전히 주체할 수 없이 흐르는 땀 때문에 사람을 만나는 것이 두려워졌다.

엎친 데 덮친다고 날이 갈수록 소화불량 또한 심해졌다. 스트레스에 예민한 위를 갖고 있지만 소화제를 먹어도 좋아지지 않았고 식욕이 사라져서 먹고 싶은 음식이 하나도 없었다. 맛집에 다니고 요리하는 즐거움이 큰 사람이었는데 식욕 자체가 아예 사라져버렸다. 소화에 도움이 되기 위해 죽을 끓여서 먹었음에도 속이 울렁거렸다. 비위는 점점 더 약해져 구토가 올라오기 시작했다. 움직이면 메스꺼움이 더 심해져 심리상담 센터와 병원에 가는 것 외에는 외출을 거의 할 수 없었다.

소화가 되지 않아서인지 흡사 입덧할 때처럼 아무도 맡지 못하는 온갖 냄새를 혼자 맡는 지경이 되었다. 음식 냄새, 옷 냄새, 욕실 냄새, 사람 냄새, 비닐과 종이 냄새, 집에서 나는 냄새, 현관에서 나는 냄새, 심지어 내게서 나는 냄새까지 역하고 괴로워서 코를 잘라버리고 싶었다. 냄새 때문에 미칠 것 같은 날은 집안의 쓰레기를 모두 비우고 싱크대와 욕실, 베란다까지 눈에 보이는 모든 배관에 락스를 들이부었음에도 코끝에 남아 있는 잔향으로 구역질이 올라왔다.

비 오는 날에는 심지어 비와 시멘트 바닥, 흙냄새에 괴로웠고 샤워 후 욕실에서 풍기는 습하고 비릿한 냄새에 구토가 올라와 욕실 앞에 락스를 상시 대기해놓고 부었다. 치약과 화장품의 향도 견디기 힘들어 양치를 하면서도 구토가 올라왔고, 로션을 바르면서도 헛구역질이 나서 화장품 하나 제대로 바를 수 없었다. 간간히 미열이 나고 오한과 콧물에 근육통까지 생겼다. 물조차도 비위가 맞지 않아 마시기 힘들어지면서 탈수 증상때문에 힘든 것 같아 내과에 갔다. 병원에서는 몸살이라며 수액주사를 놓아주고 두통약과 소화제를 처방해주었다. 심장내과에서 준 약과 내과에서 준 약까지 먹었지만 전신에 나타난 온갖 이상 증상들은 약과 상관없이 점점 더 심해졌다.

'아무래도 이상해. 무슨 문제가 있는 게 분명해. 눈이 너무 아파서 뜰 수가 없어. 햇빛만 비쳐도 유난히 눈이 아프고 두통도 매일 심해지잖아. 다시 안과에 가보자.'

안과 선생님의 표정은 어두웠다.

"혹시나 해서 정밀 검사를 다시 했는데 눈에는 이상이 없어요. 눈에 문제가 있다고 이런 증상들이 생기지 않거든요. 제 생각에는 다른 질환들이 의심되는데 내과에 가보셨어요? 내과에서도 이상이 없다면 신경과에 가서 정밀 검사를 받아보시는 게 좋을 것 같아요."

여기저기 병원에 다니며 수액을 맞고, 약을 이렇게 먹고 있는데 대체 무슨 문제인지 알 수 없어서 혼란스러웠다. 물론 그동안 용케 버티던 체력이 한계에 다다라 전부 방전이 되었다 해도 이상하지 않았지만 이렇게 한꺼번에 온몸에 이상이 올 수 있을까? 얼마 전부터 시작한 필라테스로 체력이 좋아지고 있는데 약간 억울한 마음과 함께 의구심이 들었다. 건강하고 활기차게 살고 싶어서 운동을 시작하고, 심리상담 센터도 가까운 곳으로 옮기고, 하는 일도 어느 정도 자리를 잡아가는데 이렇게 주저앉을 수는 없었다. 끝까지 원인을 밝히겠다고 결심하며 안과를 나오자마자 내과로 갔다.

"지난번에 드린 진통제도 안 듣는다는 말씀이시죠? 안과에서는 다른 이상이 없다고 해요? 몸살과 부정맥 외에 어떤 부분이 제일 힘드세요?"

"두통이요. 두통이 너무 심해서 글씨를 읽을 수도, 눈을 뜰 수도, 잠을 잘 수도 없어요. 그리고 보시듯이 속이 너무 안 좋아서 거의 먹지를 못해요. 어지럽고 자꾸만 구역질이 올라와요."

상황이 좋지 않음을 파악하신 내과 원장님은 응급으로 신경과 진료를 예약해주셨다.

동시다발로 안과, 내과, 산부인과, 심장내과를 다니다 보니 증상만 눈에 들어올 뿐 졸민을 끊은 것은 전혀 기억나지 않았다. 단지 먼저 다니던 정신과 원장님의 조언대로 착실하게 졸민부터 반 알로 줄였고 일주일 정도 후에는 아예 먹지 않았을 뿐이었다.

졸민을 끊고 나서 잠을 예전만큼 깊이 자지는 못했지만 고작 잠을 못 잔다고 이러지는 않을 텐데, 욕심 부리지 않고 평범한 일상과 안정을 누리고 싶을 뿐인데 그 평범함이 왜 이리 힘든 걸까? 평생 허약 체질에 스트레스가 심하다고 해도 왜 갑자기 온몸에 문제가 생기는 것인지 도무지 알 수 없었다.

신경과 대기실에 비치된 책자와 영상을 보니 마치 나를 관찰하고 소개한 것처럼 내 증상들과 일치했다.

"대기실에서 작성하신 설문지와 오늘 나온 검사 결과들만 보면 일단은 편두통이 의심되네요. 편두통은 단시간에 나아지지 않으니 약을 꾸준히 복용하시는 게 가장 중요해요. 약의 효과는 2주에서 한 달 정도 지나야 하니 빼먹지 말고 드세요. 추가로 알려드린 편두통에 관한 유튜브 영상도 댁에 가셔서 참고하시고요. 그럼 다음 검사 날짜 확인하시고 밖에서 설명 듣고 가시면 돼요."

편두통은 단순히 머리가 심하게 아픈 단순한 두통이 아니었다. 머리가 깨지고 터질듯한 두통, 그 두통으로 인한 방사통, 어깨 통증, 몸살 기운, 소화불량, 후각과 청각에 대한 과민, 빛에 대한 과민 등 증상의 대부분은 편두통으로 설명되었다. 심장의 이상을 제외한 모든 증상에 대한 답을 찾았다고 생각해 안도했다. 편두통 약을 복용하면 좋아진다니 다행이었다. 졸민 한 알이 줄어든 대신 심장 약과 소화제 그리고 많은 양의 편두통 약이 추가되었다.

집 근처의 정신과에 가기 전 그동안 제대로 살펴보지 않던 복약 설명서를 다시 한 번 꼼꼼히 읽어보았다. 읽어봐도 세부 내용은 이해할 수 없었지만 대부분 뇌에 작용하는 수면유도제와 수면진정제였다. 비슷비슷한 약들을 이렇게 많이 오랜 기간 복용해야 잠을 잘 수 있었다는 사실에 새삼 놀랐다.

"수면제를 끊고 싶은데… 저 좀 도와주세요. 먼저 다니던 병원에서 졸민부터 끊으라고 해서 졸민은 이미 줄여서 먹고 있어요. 수면제를 끊어도 정말 괜찮겠지요?"

그동안 내가 복용한 약의 종류와 용량을 찬찬히 살펴보시던 원장님은 내가 예상했던 것보다 훨씬 더 놀라셨다. 이 많은 약을 7년이나 먹고도 괜찮았는지 수차례 물으셨다. 아침에 일어날 수 있었는지, 몽롱하지 않았는지, 낮에 정상적으로 생활할 수 있었는지를 연달아 확인하시고는 이렇게 많은 약을 복용해서는 안 된다고 재차 말씀하셨다. 약을 정리해야 하는 상황은 맞고 졸민부터 줄이기 시작한 것도 잘했다며 최대한 비슷한 약들로 처방해서 차차 순한 약들로 바꿔보자고 하셨다.

처음부터 많은 약을 복용한 것은 아니었다. 그 누가 수면제와 항우울제를 쉽게 복용할까? 2012년, 한 달 반가량 잠을 자지도, 먹지도 못하면서 병원 응급실을 다니며 수액을 맞고 식물인간처럼 지내다 보니 살아야 했다. 무엇보다 살아내는 것이 우선이었다. 간신히 숨만 붙은 상태를 보다 못한 지인이 수면제를 복용하는 것도 나쁘지 않다며 먹어보라고 권유했다. 정신과 약이라는 선입견으로 계속 망설이는 내게 지인은 너무나 듣고 싶었던 한마디를 해주었다.

"뭐라도 일단 사람이 살고 봐야지."

"그렇지… 일단 내가 살아야 하지?"

이거였다. 살아야 했다.

단지 잠을 못 자서가 아니라 죽으면 안 되니까, 살기 위해서 수면제를 먹어도 괜찮다는 말, 생사가 달린 문제이니 무엇이든 해도 괜찮다는 면죄부가 필요했다. 나의 적극적인 선택이 아니라 상황에 의해 어쩔 수 없는 최후의 선택이라는 것을 타인에게도 확인받고 싶을 만큼 모든 상황이 불안했고 회피하고 싶었다. 기도가 되지 않고 신앙마저 흔들리는 상황 속에서 크리스천임에도 믿음으로 극복하지 못하는 나를 은근히 질책하고 있을 때 지인의 한마디는 가뭄의 단비였고 나는 그 한마디를 놓칠세라 움켜잡았다.

·
·

아무도
말해주지 않은 것들

수면제는 사막의 오아시스였다. 당장 목말라 죽어가는 사람을 살리는 오아시스처럼 수면제를 먹으면 갖은 애를 써도 쫓을 수 없는 생각과 분노를 단숨에 물리치고 쉽사리 잠들 수 있었다. 수면제 없는 밤은 생각할 수 없었고 약에 대한 의존과 내성은 날이 갈수록 심해졌지만 심각성을 느끼지 못했다. 분명 한두 알로 시작한 수면제였는데 끊기 시작한 시점의 약 봉투에는 모두 8개의 약이 적혀 있었다. 레메론 15밀리그램, 루나팜, 명인브로나제팜, 쎄로켈 100밀리그램, 렉사프로, 졸민 0.25밀리그램, 스틸녹스 10밀리그램, 알비스. 8개로 늘어난 지 상당 기간이 된 것 같은데 언제 이렇게 늘어났는지는 알 수 없었다.

늘어가는 약이 마음 편치 않은 때가 분명히 있었다. 하지만 단순히 잠을 자기 위한 것이 아니라 살아서 목숨을 부지해야 했고, 내가 살아야 아이들을 키우고 지킬 수 있다는 합당한 동의를 받은 상태였다. 호흡기를 떼면 곧 죽을 수도 있는 중환자처럼 자의가 아니라 살기 위해 어쩔 수 없이 먹은 약이었다. 그런데 너무 많다며, 이렇게 많은 약을 복용해서는 안 된다는 의사 선생님 말씀에 당황스러움과 서운함이 몰려왔다. 난 이미 면죄부를 받은 사람인데 이런 예상 밖의 반응이라니!

'왜 이해를 못하는 거지? 지난 상황을 너무 압축해서 그런가? 오죽하면 복용했겠냐고, 난 다른 사람들과 다른 경우라고!'

원장님 입장에서는 걱정과 안타까운 마음에 말씀하신 것을 알지만 기대했던 면죄부가 제 역할을 하지 못한 것에 내심 당황했다. 하지만 이미 약을 끊기 시작한 채로 병원에 갔으니 당당해도 괜찮았다. 얼마 뒤면 수면제를 먹어야만 잠을 자는 굴레에서 벗어나 이런 순간들에 대해 당황하거나 입증할 필요를 느끼지 못할 테니까.

'오늘은 약이 너무 많다며 놀라셨지만 얼마 후엔 약을 빨리 끊어서 더 놀랍다고 하실 거예요.'

병원에는 2주에 한 번씩 갔다. 처음 갈 때 다짐했던 마음만큼 갈 때마다 좋아지길 바랐지만 이상하게도 컨디션은 더욱더 나빠져서 다니는 병원 리스트와 질환을 추가하는 것이 진료의 대부분이었다.

"원장님, 편두통 진단을 받았어요. 검사하니 편두통이라고 해서 편두통 약을 먹는데 효과는 좀 지나야 한데요. 요즘따라 몸 전체가 아프고 이상해요. 추운데 땀이 너무 쏟아져서 에어컨을 계속 껐다 켰다 반복하고, 토할 것 같고, 말할 기운도 일어날 기운도 없이 힘든데 편두통으로 이렇게 힘들까요? 신경과에서 설명해준 편두통 증상이 맞긴 한데 심장 때문에 더 그럴까요? 땀을 이렇게까지 미친듯이 흘려본 적이 없어서요. 산부인과에서 갱년기도 아니래요."

"글쎄요… 왜 그럴까요? 잠깐만요…. 혹시 졸민 안 드신 지 얼마나 되셨어요?"

"아마 이 병원에 오기 일주일 전쯤부터 줄이기 시작한 것 같아요. 이제 졸민은 아예 안 먹는데 정확히 언제부터 안 먹었는지는 잘 모르겠어요. 원래 기록하는 습관이 있는데 약을 끊고 하루 이틀 미루다 너무 힘들어서 기록도 없어요."

"아! 모니터 좀 보세요. 졸민 금단증상들 보이시죠? 지금 졸민 금단증상을 겪고 계신 거예요. 이거였는데… 아이고…."

그제야 약을 복용한 지 7년 만에 처음으로 초점이 맞지 않아 뿌옇게 흔들려 보이는 모니터를 통해 졸민의 부작용과 금단증상에 대해 알게 되었다. 망치로 머리를 맞는다는 게 어떤 느낌인지 단번에 알 수 있었다. 순간 심장이 얼어붙은 듯 숨이 잘 쉬어지지 않았다. 그러면서 한편으로는 이 모든 증상들이 파노라마처럼 펼쳐지면서 머릿속이 정리되어 홀가분했다. 한 달 넘게 온갖 고생을 하며 이 병원 저 병원에 다니며 헛발질을 했는데 원인이 수면제였다니!

'왜 약을 먹기 시작했을 때 졸민은 최대 3주 이상 복용하면 안 된다고 아무도 알려주지 않았을까? 벌써 7년이나 먹었는데… 약의 부작용에 관한 내용은 오늘에서야 처음 읽어봤는데…. 왜 수면제를 한 번 먹기 시작하면 끊기가 죽을 만큼 힘들다는 사실을 그 누구도 내게 알려주지 않았지?'

원장님께서는 장담할 수는 없지만 기존에 복용하던 졸민 용량의 절반 정도를 다시 복용하면 증상들의 상당 부분이 좋아질 거라며 다시 복용하자고 하셨다. 하지만 수면제로 인한 금단증상이 이렇게 무섭다는 것을 경험하니 다시 복용하고 싶지 않아서 집에 남아있는 졸민을 먹을 테니 약을 점차 끊을 수 있게 도와달라고 부탁드렸다.

"원장님, 제가 처음 왔을 때 약을 끊고 싶다고 말씀드렸죠? 제발 끝까지 약을 끊을 수 있게 도와주세요."

"알겠습니다. 일단은 몸부터 추스르시고 조금씩 약을 끊는 게 좋겠어요. 너무 힘들어하셔서 오늘은 더 이상 제가 말 붙이기도 힘드네요. 다음에는 좀 더 좋아진 모습으로 뵈면 좋겠어요."

병원을 어떻게 걸어 나왔는지 알 수 없었다. 더운 날씨에 발밑에서는 콘크리트 바닥이 끈적끈적 녹아 흐르는 듯했지만 정작 발걸음과 움직임은 전혀 느낄 수 없었다. 집에 도착하자마자 졸민 금단증상에 대해 찾아보려고 했지만 현관문을 열자마자 현관 바닥에 시체처럼 쓰러졌고 움직이지 못하는 상황에 두려움은 더욱 커졌다. 도대체 어떻게 된 것인지 자세히 알고 싶은데 몸은 점점 더 뜻대로 되지 않았다.

가까스로 정신을 차리고 졸민에 대해 검색해보았다. 병원의 모니터로 잠깐 본 것보다 졸민의 부작용과 금단증상은 심각했고 내가 겪는 증상들이 모두 있다 해도 과언이 아니었다. 온몸에 소름이 돋으면서 땀이 비 오듯 쏟아졌다. 찾아봐도 딱히 해결 방법은 없었다. 방법이 없다는 것, 희망이 없다는 것은 순식간에 사람을 무기력하게 만들었다. 무작정 버틴다고 될 것 같지 않았고 약을 끊은 사례 역시 찾을 수 없었다. 졸민은 끊지 못하는 것이 결론인 듯했다. 나는 더 이상 모니터를 볼 수 없었다.

그동안 한 번도 내가 복용하는 약에 대해 궁금해하거나 찾아보지 않았다. 호기심이 많고 궁금한 것은 끝까지 알아야 하는 성격임에도 약은 의사들이 어련히 알아서 잘 처방해준다고 생각했다. 고행 같은 일상에서 나를 건져올리고 살게 해준 고마운 약이었으니 더더욱 찾아본다는 생각을 하지 않았다. 백 번 양보해서 약에 대해 알아보지 않은 것은 내 실수라 하더라도 어떻게 이런 무시무시한 약을 환자에게 처방할 수 있는지 혼란스러웠다. 온화하며 인자하다고 7년간 믿고 다닌 정신과 원장님이 어떻게 이럴 수 있는지, 다른 약이 아닌 정신과 약인만큼 최소한 기본적인 부작용과 금단증상은 복용 초반에 알려주셨어야 하지 않았나 싶은 생각에 원망과 배신감이 걷잡을 수 없이 커졌다. 수면제 복용을 고민하던 내게 괜찮다며 권유한 지인도 원망스러웠고 내게만 가혹한 것 같은 세상에도 화가 치솟았다. 평생 붙들고 매달린 하나님은 대체 뭘 하시는 건가? 왜 나한테만 유독 혹독하신 걸까?

그날 밤 구토가 너무나 밀려와 누웠다 앉기를 수도 없이 반복했지만 머리가 아프고 천장이 빙글빙글 도는 바람에 욕실까지 제대로 걸어갈 수 없었다. 구토와 헛구역질이 올라오는데 욕실까지 가는 것이 힘드니 내일부터는 휴지와 비닐봉지를 옆에 두고 눕자는 생각이 스치는 순간 눈물이 왈칵 쏟아졌다. 불면증으로 수면제를 복용한 것이 죄는 아닌데 어떻게 이럴 수 있는지 기가 막혔다.

수면제를 통해 유일한 휴식과 행복을 누리던 밤, 끝까지 놓고 싶지 않던 평안한 밤은 신기루보다 빨리 사라졌다.

Chapter 2

나를 잃어버리다

:

결국은
나의 선택

기도가 아니라 원망만 하고 있었다. 어떻게 나한테 이럴 수 있는지, 왜 나만 힘들게 하는지 하나님께 묻다가 급기야 따지며 억울함을 호소했다. 이 정도 따질 권리는 내게 있지 않을까? 선하게 살지는 않았지만 그렇다고 남에게 폐를 끼치거나 악하게 살지 않았고 나름대로 최선을 다해 살아온 삶인데 억울했다. 불면증이 온 것은 내 탓이 아닌데 왜 이런 고통을 겪어야 하는지 주먹으로 가슴을 치고 또 내리쳤다.

'악한 인간들도 잘 살기만 하던데 왜 나만 이런 일을 겪어야 하냐고! 살아야 하니까 어쩔 수 없이 먹었고, 끊을 때 이런 일이 생길 줄은 정말 몰랐는데 너무 하잖아….'

나는 수면제를 끊었습니다

따질 수만 있다면 망할 놈의 의사에게 찾아가 따지고 싶었다. 당신이 의사 맞느냐고 한 대 후려치고 싶었다. 어떻게 이따위 약을 처방해서 먹으라고 할 수 있는지 멱살 잡고 따귀라도 때린 다음 책임지고 원래대로 돌려놓으라고 하고 싶었다. 수면제를 권한 지인에게도 잘 알지 못하는 위험한 약을 왜 먹으라고 했냐고, 책임지지 못할 말을 왜 했느냐고, 지금 내 꼴을 보라고 소리 지르고 싶었다. 폭풍처럼 휘몰아치는 원망과 분노 한가운데에서 문득 물음표가 생겼다.

'그런데 말이야… 수면제를 먹기 전인 그때로 다시 돌아간다면, 오직 그 시점으로만 돌아갈 수 있다면, 수면제의 위험성이나 부작용 그리고 금단증상을 미리 알았다면 나는 과연 수면제를 먹지 않았을까?'

'당연하지! 알면 누가 먹어? 몰라서 선택한 건데.'

'정말? 진짜로? 자신할 수 있어?'

대답할 수 없었다. 수면제를 선택한 것은 나였다. 의사나 지인이 아닌, 다름 아닌 나였다. 아무도 내 입을 억지로 벌려서 먹이거나 남몰래 먹이지 않았다. 오직 내 자유의지로 선택한 약이었다. 위험성이나 금단증상을 알았더라도 어쩌면 누군가 나를 말렸더라도 나는 수면제를 먹었을 것이고 오히려 말리는 사람을 원망했을 것이다. 고통과 불면의 밤을 모르니 수면제를 먹지 말라는 말을 쉽게 한다고 더 큰 원망을 쏟아내고, 그렇게 위험한 약 같으면 정신과 의사들이 어떻게 처방을 하고 환자들이 복용할 수 있냐며 비난했음이 자명했다. 당시 감당할 수 없는 고통, 무너져서는 안 된다는 절박함 속에서 내가 살 수 있는 방법으로 수면제 외에 다른 선택은 눈에 들어오지 않았다.

동행하시는 하나님을 믿는다고 했지만 저 멀리 천국에서 한가로이 지내면서 바닷가의 모래알 같은 나는 잊으신 것 같았다. 나와 동행하시지 않는 것 같았고 혼자인 것 같았다.

스스로 살길을 찾는다며 내 뜻이 앞섰고 의지대로 향한 방법을 해결책이라고 믿었다. 눈앞에 보이는 해결 방법은 꽤나 합리적이면서 합당해 보였고 다른 사람의 동의와 지지까지 얻었으니 나무랄 게 없었다.

최선이라 생각했지만 최악을 선택한 결과였다. 잠시 머무를 도피처였을 뿐 도피처에서 평생 살 수 없다는 사실을 잊은 까닭이었다. 누군가의 잘못이나 탓도 아니었고, 하나님께서 인도하지 않으심도 아닌 백 퍼센트 내 의지로 선택한 과거에 대한 결과가 지금 내 모습이었다.

어떻게 이토록 약에 의지해서 살았을까? 하나님의 무한한 능력을 한 번이라도 믿었다면 애초에 약을 먹지 않았을 것이다. 혹 약을 복용했더라도 금세 돌이켰음은 당연했다. 하나님이 나를 약물 중독이 되어 끊지 못할 지경에 이르도록 방치하신 것이 아니라 내가 나를 방치한 결과였다. 다른 무엇이 아닌 내가 나를 이렇게 만들었는데 무슨 원망을 할까? 한 번도 하나님을 제대로 믿은 적이 없었다. 무한하신 하나님의 능력을 믿지 못하니 나에게 주신 능력은 더욱 믿을 수 없었다. 그런 것은 보이지 않았고 발휘되지도 않았으니까.

그동안 나는 무엇을 믿었을까? 하나님이 아니라 내가 만들어놓은 허상을 하나님이라고 부르며 뜻대로 되지 않으면 실망하고 원망했다. 또한 하나님을 무선 리모컨으로 조종하는 자동차처럼 조종하려 들었다. 뜻대로 조종되지 않는다고 여겨질 때는 가차 없이 다른 대안을 찾았고, 대안이 마음에 들거나 그럴싸해 보이면 응답받았다고 여기며 감사했다. 오직 하나이신 하나님이 아니라 내 뜻과 생각을 관철시키고 또한 책임지고 싶지 않은 고난에 대한 원망과 탓을 돌리기 위한 존재로 하나님이 필요했다.

내 믿음은 믿음이라고 칭할 수 없는 쓰레기보다도 못한 믿음이었다. 나에 대한 환멸이 신체의 고통보다 크게 다가왔고 눈물이 폭포수처럼 쏟아졌다. 더 이상 타인과 나 자신을 원망하며 살고 싶지 않았다. 돌이킬 수 없는 과거를 원망하지 말고 지금부터 바른 선택을 하기로 했다. 타인에게 책임을 전가하지 않는 나만의 선택으로 무엇을 할 수 있을까?

최선은 아니어도 후회가 덜한 선택은 무엇일까? 수면제를 먹어서 이렇게 되었으니 아무리 힘들어도 병원에서 얘기한 것처럼 졸민을 다시 반 알 증량하는 것은 아니라는 생각이 들었다. 가장 끊기 힘들다는 졸민을 일단 끊었으니 다른 약을 서둘러 끊으면 고통의 시간을 단축할 수 있다는 결론이 나왔다.

이튿날, 졸피뎀 성분인 스틸녹스를 반 알로 줄였다. 스틸녹스를 줄이니 본격적으로 잠이 드는 것이 쉽지 않았고 새벽에도 한 번 깨면 다시 잠들지 못해서 뜬눈으로 밤을 새웠다. 일상생활이라는 단어가 삶에서 지워졌고 아무것도 할 수 없었다. 자는 것, 먹는 것, 쉬는 것, 눕는 것, 서는 것, 걷는 것, 앉는 것, 눈을 뜨고 감는 것 등 무엇을 할 수도 안 할 수도 없었다. 미치고 팔짝 뛸 것 같다는 말 외에는 아무 생각이 나지 않았다.

심리상담 센터를 옮긴 지 얼마 되지 않은 데다 금단증상으로 친정에서 지내는 아이들에게 최소한의 안정감을 주어야 한다는 생각에 쓰러지더라도 아이들의 심리상담 치료를 위해 나섰다. 아이들의 엄마로서 유일하게 할 수 있는 것이 상담 치료 동행이었다.

텔레비전이 있는 넓은 외할머니 댁에서 지내는 것을 좋아하던 아이들은 점점 더 몸을 가누지 못하는 나를 보며 불안해했고 집으로 오고 싶어 했다. 하지만 몸이 좋아지기는커녕 이제 시작이니 아이들을 도저히 데리고 올 수 없었다. 수면제를 끊느라 힘든 엄마를 어떻게 이해시켜야 할까? 마침 원장님께서 아이들이 납득할 수 있도록 설명해주셨다.

"엄마가 과로하신 데다 오랫동안 복용하던 약을 끊느라 많이 힘드시대. 원장님이 보기에도 엄마가 너무 힘들어 보이셔. 한동안은 치료가 필요하니 불편하지만 한두 달 정도만 더 외할머니댁에서 지내면 좋을 것 같아. 같이 지내지 못해도 너희가 원하면 언제든 엄마를 보러갈 수 있고 엄마도 너희를 항상 사랑하고 계시니 빨리 좋아지길 기도하며 지내보자."

내가 일단 살고, 아이들과 잘 살기 위해 수면제와 항우울제를 복용했는데 당장 제대로 일어나지도 못하는 내 모습과 이런 설명을 해야 하는 상황이 말할 수 없이 끔찍하고 비참했다. 비참하다는 생각이 들수록 빨리 약에서 벗어나겠다고 다짐했지만 막막한 혼자만의 싸움, 언제 끝날지 모르는 싸움이 두려웠다.

'만에 하나 이런 나를 누군가 알게 되면 어떡하지? 이혼하더니 정신과 약 먹고 결국은 만신창이가 됐다고 하면 어떡해….'

삶과 죽음의 기로에 서 있으면서도 알량한 자존심은 끝까지 살아서 나를 괴롭혔다. 수면제 금단증상은 수면제를 장기 복용한 나도 처음이니 누가 나를 이해할까 싶은 외로움은 금단증상 이상으로 무섭게 다가왔다.

이혼해도 잘 사는 사람으로 인정받고 싶었다. 아니, 남들은 잘 지내지 못하더라도 나는 아이들과 잘 사는 사람이 되어야 했는데 처참히 무너져 폐인과 다름없었다. 나도 몰랐다고, 이럴 줄 몰랐다고, 이런 의도가 아니었다고, 단지 잠을 자고 생활하면서 살아가기 위해서였다고 외치고 싶었다.

'이해받는다고 달라지는 것은 아무것도 없어. 입증하려고, 설명하려고 애쓰지마. 이혼도, 불면증도, 수면제도, 금단증상도, 아이들도 모두 내 잘못이 아니야!'

잘못은 아니지만 가장 중요한, 이 모든 것을 내가 선택했다는 자책과 그 선택에 대한 책임을 오롯이 혼자 짊어져야 한다는 사실은 마음속에 솟아난 용기를 흔들고 짓누르기에 충분했다.

'제일 힘든 약을 끊었으니까 한두 달만 지나면 상당히 좋아질 거야. 어차피 이해받을 수 없고 이해받는다고 달라지는 것은 없으니 이야기하거나 설명할 필요 없어. 나도 이해할 수 없는 걸 어떻게 설명해? 모든 게 지나고 나면 그때 이야기해도 괜찮아. 지금은 그냥 아무 말 하지 않으면 돼.'

계속 몸이 좋지 않고 힘들어하는 나를 친구가 걱정했지만 단지 심장이 안 좋고 편두통이 너무 심하다고만 말했다. 나를 충분히 이해할 수 있는 친구였고 나 역시 친구를 믿었지만, 나를 믿지 못하니 말할 수 없었다. 활짝 웃으며 이제는 정말로 괜찮다고, 아이들과 행복하게 지낸다는 이야기를 조만간 할 수 있을 거라고 생각했는데… 내가 선택한 수면제로 인해 오히려 불구덩이로 뛰어들었다는 말, 겪어본 적 없는 지옥을 경험하고 있다는 말은 커다란 불덩어리처럼 목구멍에서만 맴돌았고 차오를 때마다 다시 삼켜버렸다.

가장 가까이에서 나를 지켜보고 챙겨주는 엄마마저 내 상황을 이해하지 못하셨고, 심지어 기대했던 심리상담 센터 원장님조차 이해하기 힘들어하셨다. 약을 끊고 싶어 하는 사람들은 많아도 실제로 약을 끊으며 괴로워하는 사람은 한 번도 본 적이 없으셨기에 도와주고 싶어도 어떻게 도와주어야 할지 알지 못하셨다. 약을 처방해준 정신과에서도 도움을 주지 못하는 영역이니 그럴 수밖에 없었다. 이해와 공감 역시 대중적인 간접 경험에 의해 가능한데 간접 경험조차 알려진 바가 거의 없는 수면제 금단증상을 누가 공감하고 이해할 수 있을까?

'핑계 대고 싶은데 실은 남이 아닌 내가 선택한 수면제 때문에 너무 불행해. 다른 사람 탓이라도 할 수 있으면 좋을 텐데 내 선택이라 그렇게 할 수도 없어. 그래서 더 외롭고 힘들어…. 더도 말고 단 한 사람만이라도 내 고통을 알고 이해해주면 좋겠어….'

:

절대로
죽고 싶지 않다

　　스틸녹스 양을 줄이면서 몸 전체에 근육통과 감각 이상이 생겨났다. 하루하루 더욱 쇠약해지면서 이상한 증상들이 나타날 때마다 수면제의 위력을 느낄 수 있었다. 바로 두어 달 정도만 해도 이런 증상들로 고통받지 않았고 삶이 더 평화로워지고 안정될 것이라는 기대가 충만했는데 한치 앞을 알 수 없는 것이 사람의 일이었다. 깨어 있는 낮에는 낮이라 괴로웠고 잠을 자지 못하는 밤에는 밤이라 더욱 힘들었다.

　어차피 처음부터 밤을 꼬박 새울지도 모른다는 마음으로 약을 끊었음에도 밤이 되면 오감이 더욱 생생하게 살아나고 통증이 심해져 밤이 오는 것이 두려웠다. 밤이 오면 고통 속에서 집중이 되지 않아

싸우듯이 기도하며 설교와 찬송가를 틀어놓은 채 지냈고, 아침이 되면 견뎌야 하는 날이 하루 줄어든 것에 안도했다. 매일 이러한 상태로 지내다 어느 날부터 더 이상 스틸녹스를 복용하지 않았다. 어차피 한 번은 겪고 지나가야 한다면 하루라도 빨리 겪어버리고 싶었다.

평소 텔레비전 시청을 좋아하지 않았는데 멍 때리며 뇌를 편히 놓아버리는 시간이 필요하다는 생각에 수면제를 끊기 전 우연히 발레리나와 수호천사가 나오는 드라마를 짧은 영상으로 봤다. 조금 유치한 듯했지만 연기를 잘하는 주인공들 덕분에 재미있게 본 드라마였다. 그런데 스틸녹스를 완전히 끊고 나니 눈을 뜨거나 감아도 텔레비전에서 본 천사나 주인공처럼 내가 우리 집 베란다에서 허공으로 뛰어내리는 모습이 자꾸만 어른거렸다. 내 의지로 상상하는 것이 결코 아니었다. 아무리 다른 생각을 하려고 노력하고 무엇을 하더라도 그 모습만 떠올랐다. 화장실에 가고, 설교를 듣고, 기도를 하고, 유튜브 영상을 시청해도 마찬가지였다. 아무리 잊으려 해도 날개가 나와 죽지 않으니 떨어져도 괜찮다는 생각과 땅바닥에 처박히지 않는다는 생각이 맴돌았고, 베란다에서 허공으로 뛰어내리는 장면만 삶에서 떠올랐다.

앞으로의 내 인생에서 수면제를 영영 없애고 내 삶의 주인답게 아이들과 나 자신, 이 세상에 더욱 당당하기 위해 사투를 벌이고 있는데 대체 왜 이런 장면이 자꾸 떠오르는지 너무 무서웠다. 난 절대 죽고 싶지 않았다. 단 한 번도 죽고 싶은 적이 없었고 또한 이렇게 간절히 살고 싶은 적도 없었다.

'하나님, 제가 아니어도 하나님께서 아이들을 키워주시겠지만 그래도 아이들 엄마인 저에게는 아이들을 양육할 책임이 있잖아요. 지금까지 힘든 시간 동안 저도 모르게 하나님 외에 약에 의존하며 산 것을 용서해주시고 불쌍히 여겨 하루빨리 이 시간이 지나가게 해주세요…. 이렇게 허무하게 살다가 갈 수는 없어요. 제가 왜 사는지 솔직히 이 나이가 되어도 잘 모르겠어요. 이렇게 살다가 갈 수는 없어요. 제발 저 좀 살려주세요. 살려주세요. 살려만 주세요. 너무 살고 싶어요….'

혹시라도 잠이 들면 죽을 것 같아서 잠은 오지 않았지만 더욱 눈을 감을 수 없었다. 매일 울면서 살려달라고 기도하며 밤을 샜고 베란다에서 떨어질까봐 한여름에도 베란다 창문과 중문을 꼭 잠그고 열지 않았다. 텔레비전에서 봤던 정신과 병동처럼 만약 침대나 매트에 사람을 묶어 고정할 수 있다면 밤마다 단단한 밧줄로 스스로 묶어서 고정하고 싶었다. 절대로 죽고 싶지 않았다.

×◇×

외할머니네서 지내던 둘째가 엄마와 같이 있고 싶다며 집으로 돌아왔다. 내 몸 하나도 어찌할 수가 없는데 아이를 어떻게 데리고 있을지 당장 걱정이 앞섰지만 걱정은 기우였다. 함께 지내는 동안 아이는 자신이 할 수 있는 가장 큰 사랑을 내게 보여주고 베풀어주었다. 세수를 시켜주었고, 수건을 갖다 주었으며, 젖은 머리카락을 말려주었다. 신발을 가져다주고, 식사를 챙겨주는 아이의 큰 사랑에 어느새 마음이 평안해졌다.

'아이들을 위해서라도 이 위기에서 반드시 벗어날 거야.'

기쁨의 감정을 느끼지 못한 두 달이었는데 아이로 인해 기쁨과 사랑, 감사함을 느낄 수 있었다. 무엇보다 아이와 함께 있으니 비록 밤은 새우더라도 베란다로 달려가 죽지는 않을 것 같다는 안도감이 들었다. 고통스럽고 두려운 밤에도 아이의 따뜻한 손을 잡고 숨소리를 듣고 있노라면 혼자가 아니라는 안도감이 들었고 그것은 그 어떤 위로보다 나를 크게 감싸 안았다.

무서운 밤이 지나고 옆에서 잘 자고 있는 아이를 보면 뜨거운 눈물이 쏟아졌다. 그저 아이들의 존재만으로, 내 존재만으로 감사해서 눈물이 났다. 살아서 숨 쉬고 있음에 감사했고, 다시 새로운 아침을 맞이할 수 있어서 감격했다. 아이들은 존재한다는 사실만으로 나를 지탱하고 살게 해주었다. 아무것도 할 수 없고 짐이 되는 엄마일지라도 아이들 역시 내 존재만으로 안도하며 안심했고, 그렇게 우리는 말과 행동에 따른 상대적인 반응이 아니라 함께 존재한다는 사실에 무한한 감사와 사랑을 느꼈다. 이런 내 모습이 아이들에게 한없이 부끄럽고 미안했는데, '우리 엄마'라는 이유만으로 무조건적인 믿음과 무한한 사랑을 주는 아이들의 큰 사랑 덕분에 나를 바라볼 수 있었다.

엄마인 내가 당연히 더 큰 모성애와 사랑을 갖고 있다고 생각했지만 그건 착각이었다. 엄마니까 자녀를 사랑해야 하는 의무와 책임이 있었고, 엄마가 사랑해서 이만큼 해주니 너희들도 최소한 이 정도는 해야 한다는 조건에 지나지 않았다. 의무와 책임으로 시작해서 조건이 충족되지 않으면 분노와 배신감에 어쩔 줄 모르는 감정에 사랑이라는 이름을 붙였고 그것을 사랑이라고 우겼지만 단지 내 이기심을 포장한 것에 지나지 않았다.

'지독한 이기심을 감추기 위해 사랑이라는 궁극의 단어를 갖다 붙였구나… 난 그동안 진짜 사랑을 한 적이 없었어. 아이들처럼 무조건적인 사랑을 했던 적이 있을까? 존재만으로 넘치는 사랑에 감사한 적이 있을까?'

우리를 아슬아슬하게나마 지탱해준 것은 엄마인 나의 사랑이 아니라 아이들의 사랑이었다. 내가 아이들을 포용한 것이 아니라 상처받고 괴로워하는 나를 포용해준 아이들이 있었기 때문에 지금까지 버틸 수 있었다. 아이들은 자신이 원하는 형태의 사랑이 아니더라도 개의치 않고 무조건적인 사랑을 주었음에도, 나는 내가 원하는 형태의 사랑이 아닌 것처럼 보이면 사랑한다며 어떻게 이런 모양을 줄 수 있냐고 화내며 회피했다. 나야말로 큰 사랑을 지닌 대인배라고 여기며 자만하고 회피했으며 그런 나 자신마저 합리화했다.

　사랑의 형태뿐만 아니라 깊이와 넓이, 무게까지도 가늠하며 저울질했다. 저울의 추가 나에게 쏠리지 않으면 내가 준 사랑보다 가벼운 사랑을 받는 것 같아 최대한 내색하지 않은 채 마음 깊이 분노했다. 아이들에게도 더 많은 사랑을 받고 싶어 했고 눈금을 맞추려고 추를 이리저리 옮기던 나였다. 이기심 덩어리를 사랑이라고 우기고 또 사랑이라고 자부했던 나, 사랑의 조건과 무게를 따지며 최적화된 사랑만 받고 싶어 했던 나, 이런 부족한 엄마임에도 '우리 엄마'라서 무한한 사랑을 주는 아이들과 제대로 사랑하며 살고 싶었다. 이제 사랑이 무엇인지 깨달았는데 이대로 죽을 수 없었다.

　'반드시 죽지 않고 살아서 진짜 사랑을 누려보자!'

　언제든 죽을 수 있다는 것을 경험하니 살아서 숨 쉬는 지금 이 순간이 예전과는 전혀 다른 무게감으로 다가왔다. 결코 헛되이 보낼 수 없는 이 순간, 다시 올 수 없는 이 시간을 어떻게 살아야 할까? 삶을 마감하는 순간 정말 후회 없이 살았다고 이야기하며 여유있는 죽음을 맞이하고 싶었다. 죽음 앞에서 여유를 부릴 수 있는 자가 얼마나 될까? 죽음 앞에서 더욱 당당할 수 있는 삶을 살고 싶었다. 당당한 죽음을 맞기 위해서는 살아 있는 이 순간이 나의 유일한 기회고 앞날에 대한 증거를 쌓을 수 있는 시간이었다. 기회의 시간을 잡을 것인지 말 것인지는 전적으로 나에게 달려 있었다. 이 시간을 절대 놓치지 않으리라.

사라지지 않을 것 같던 자살 충동은 아이들과 지내면서 서서히 사라졌고, 나도 모르는 사이에 베란다에서 떨어지는 장면은 더 이상 눈앞에 어른거리지 않았다.

아무도 모르는
고통

하늘이 빙글빙글 돌고, 구토가 올라오고, 머리는 두통으로 터질 것 같고, 식은땀이 미친 듯이 쏟아지고, 체온은 추웠다 더웠다를 반복하는 탓에 미친 사람마냥 리모컨으로 에어컨을 켰다 끄기에 바빴다. 발은 시리다 못해 아려서 더위에도 수면양말을 벗을 수 없고, 다리에 쥐가 났지만 다리를 들거나 주무를 기력이 하나도 없었다. 피부 전체가 서늘하면서 멍하니 감각이 없는데 한편으로는 순간순간 피부를 얇게 포라도 뜬 것처럼 쓰라리고 가려웠다. 사물이 두세 개로 보이고, 어지러워서 앉을 수도 일어날 수도 없었다. 이번에는 정말 토할 것 같아서 깔딱거리며 나오는 침을 휴지로 닦다가 화장실에 간다고 일어서는 순간 핑 돌며 바닥에 그대로 쓰러졌다.

"이럴 바에는 차라리 죽는 게 낫겠어."

나도 모르게 튀어나온 말에 입을 두 손으로 꼭 막아버렸다. 이렇게 살고 싶은데 차라리 죽는 게 낫다는 말이 어떻게 튀어나올 수 있을까? 너무나 괴로워서 피하고 싶고 도망가고 싶지만 그래도 절대로 죽고 싶지 않고 너무나 살고 싶은데 어떻게 이런 말이 튀어나오는지, 맥이 탁 풀렸지만 처절한 고통 속에 있는 내가 안쓰러워 눈물이 쏟아졌다. 알고 있는 고통에 대한 단어를 모두 동원해도 달리 표현할 단어가 생각나지 않았다. 내가 아는 최고의 고통, 극한의 괴로움 이런 말로는 역부족이었다.

'너무 살고 싶어. 그런데 정말 너무너무 막막하고 무서워.'

감당할 수 없을 만큼 삶의 무게가 크게 느껴지는 순간에는 삶을 포기하고 싶은 마음이 들지만 진심은 아니었다. 간절히 살고 싶지만 살기 위해 아무것도 할 수 있는 것이 없다는 무력감에 내게 주어진 유일한 선택권이라고 착각하는 것이 바로 죽음이었다. 내 뜻대로 할 수 있는 마지막 선택이자 선택하고 싶지 않지만 동시에 선택하고 싶게 만드는 치명적인 유혹, 스스로 선택하고 통제할 수 있는 유일한 것이 죽음이라는 생각에 사로잡히면 누구나 그 유혹에 넘어갈 수 있었다.

무책임하거나 의지나 용기가 없어서가 아니라 오히려 유일하게 남은 선택권을 발휘하고 싶은 용기이자 도전이 죽음이었다. 죽음의 위기를 코앞에서 겪지 않았다면 나 역시 치명적인 유혹에 넘어가지 않았으리라는 보장은 없었다.

기대하고 예상한 것만큼 정신과 약의 부작용과 금단증상에 대해 공감하고 이해하는 의사와 심리 상담사가 없다는 것을 안 뒤로 자살 충동에 관해서는 아무에게도 얘기하지 않았다. 스틸녹스를 끊은 후 더욱 피폐해진 상태로 진료실에 들어가니 원장님은 이러다 죽을 수도 있다며 졸민과 스틸녹스 이외의 약들을 다시 증량해주셨다. 이러다 죽을 수도 있다는 것은 생생히 겪고 있었지만 원장님의 '죽을 수도 있다'는 의미가 자살 충동까지 내포하는 것 같지는 않았다. 자살 충동이 느껴지고 환영이 눈앞에 어른거린다고 말하면 약을 증량하고 복용해서 다시 원점으로 되돌아갈 것 같았고, 금단증상으로 괴로워하는 사람이 아니라 미친 사람으로 여길 것 같은 두려움에 차마 얘기하지 못했다.

그동안 아이들의 소아 정신과 원장님까지 전부 5명의 정신과 원장님을 만났지만 아무도 약의 위험성이나 금단증상에 대해 이야기하지 않았다. 위험보다는 오히려 이 정도의 용량이나 종류는 괜찮다는 말을 들었을 뿐이다.

진실은 알 수 없지만 그들도 잘 몰랐으니 처방했을 것이고, 이렇든 저렇든 수면제를 선택한 것은 나라는 것과 그에 따른 책임을 감당해야 하는 사람이 나라는 사실은 변하지 않는다. 힘들어하는 환자에게 악의를 갖고 약을 처방하지는 않겠지만 감기약이나 알레르기약처럼 가볍게 복용하는 약이 아니라 뇌에 직접 작용하며 장기간 복용하는 경우가 많으니 처방에 좀 더 신중을 기해줄 수는 없었나 하는 아쉬움과 합리적인 분노가 생기는 것은 당연했다. 최소한 약으로 인한 부작용과 작용 기전(약이 어떤 과정을 거쳐서 효과를 나타내는지 설명하는 일), 복용 중지 후 생기는 금단증상에 대해 설명해주고 환자가 주도적으로 약물 치료에 대한 선택을 할 수 있도록 해야 하지 않을까? 정신과는 타 진료과보다 치료의 방향 역시 상당 부분이 약에 초점이 맞춰져 있어서 약에 의존하게 되는 경우가 허다한데 환자가 약을 복용하기 전에 결정할 수 있는 충분한 시간과 정보를 주어야 하지 않을까?

　정신과 약이 상담에 비해 의사나 환자 모두에게 편이성과 가성비가 월등히 좋으니 상호 간 필요충분조건이 맞아떨어지는 측면도 안타까울 따름이다. 부작용이 거의 없고, 정신과 치료 중 가장 가성비가 좋으니 불면증이나 우울증으로 수면제나 항우울제를 복용하는 것을 두려워하지 말라고, 금단증상 또한 괜찮다고 말하는 의사들은

본인이 직접 장기간 정신과 약을 복용한 후 끊으면 과연 동일한 이
야기를 할 수 있을지 진심으로 궁금하다.

:

피 같은 동전 하나

늦여름에 있는 내 생일날이었다. 단
약을 시작할 때만 해도 생일쯤에는 약을 다 끊을 수 있을 줄 알았는
데 여전히 바닥을 기어 다녔다. 엄마와 제대로 식사해본 지가 벌써
두 달이 지난 아이들에게 생일날까지 엄마의 힘듦을 이해해달라는
말은 차마 나오지 않았다. 부들부들 떨리는 팔로 옷을 입고 아이들
의 부축을 받아 집 근처에 있는 식당에 가서 먹는 시늉만 하다 일찍
나왔다. 바닥에 주저앉았다 다시 걷기를 반복하며 집으로 돌아오는
데 평소에 보이지 않던 남루한 차림의 거지가 눈에 띄었다.

"엄마, 저 아저씨 도와드리자."

"응. 그런데 엄마가 지금 돈이 별로 없는데, 잠깐만⋯."

시기적으로 묘하게 맞아떨어진 듯 수면제를 끊기 시작하면서 수입이 급격히 줄어들었다. 한숨 돌릴만한 상황이 된 것 같아서 더욱 끊을 수 있었는데 경제적으로도 나사가 풀린 듯했다. 움직일 수 없고 더 이상 신경 쓸 여력이 도저히 없는데 어떻게 해야 할까? 이혼하기 전 충격으로 아무 생각 없이 그동안 해오던 컨설팅과 강의에서 손을 놓았다. 하지만 이혼이 현실이 되며 당장 살기 위해 전혀 해보지 않은 일인 의류 판매를 했다. 아무래도 겨울 의류의 수입이 많았기 때문에 여름에는 수입이 줄었지만 수면제를 끊으며 수입은 절반으로 줄었고, 이번 달은 지난달보다도 더 줄어서 불안을 뛰어넘어 공포와 두려움에 숨이 턱턱 막혔다.

이 많은 약을 언제 다 끊을 수 있을지 알 수 없었고 금단증상이 더 심해지지 않는다는 보장이 없으니 나날이 줄어드는 통장 잔액을 볼 때마다 가슴이 내려앉았다. 이러다 돈을 아예 벌지 못하는 상황이 생길 수도 있다는 생각에 단돈 오백 원, 천 원이 아쉬웠다. 아이들이 불안해할까봐 내색하지 않았지만 백 원짜리 동전 하나를 봐도 피 같은 돈이라는 생각에 손가락이 절로 오그라들었다.

'당장 다음 달부터 어떻게 될지 모르는데, 오늘 저녁도 큰맘 먹고 사준 건데 어떡하지? 현금이 거의 없는데⋯ 한동안은 계속 꼼짝 못할 것 같은데 어떡해. 여기에 한 번도 이런 사람이 없었는데 오늘 하

필 왜….'

"여기 백 원하고 오백 원 있어. 엄마는 도저히 못 움직이겠으니까 너희가 드려."

"엄마, 동전 말고 천 원짜리 없어?"

"엄마가 토할 것 같아서 못 찾겠어. 일단 이것부터 드리고 와."

항상 이렇지는 않은 아이들인데 유독 이럴 때 기가 막히도록 정직했다. 가난한 사람, 도움을 청하는 사람, 구세군 냄비, 고아와 도움이 필요한 곳에는 도움을 주어야 한다고 가르쳤고 아이들에게 모범을 보이기 위해 솔선수범하며 그냥 지나친 적은 없었지만 여유가 있었기 때문에 베풀 수 있었다.

진정으로 이웃을 사랑하는 마음이 아니라 여유가 있었고 선한 행동을 하는 것은 믿는 사람의 도리이자 세상을 살아가는 기본자세라고 여겼기 때문에 행했다. 당장 내가 힘들어지니 천 원을 아끼고 싶은 마음에 동전지갑만 뒤적거리는 사람이 나였다. 아이들의 불안이 염려된다고 했지만 실은 나의 불안이 커서 아이들에게 솔직할 수 없었다. 많이 아파서 일을 전처럼 할 수 없고 좋아질 때까지는 돈을 아껴 써야 한다고 이야기하면 충분히 이해할 수 있는데도 그 말이 아이들에게는 쉽사리 나오지 않았다. 언제일지 모르는 기약 없는 시간에 대한 두려움은 그토록 컸다.

몸 전체의 감각이 이상한 와중에도 얼굴이 화끈거리는 것은 충분히 느낄 수 있었다. 천 원짜리를 꺼내는 손이 살짝 떨렸다.

"천 원짜리 찾았어. 엄마가 너무 힘들어서… 빨리 가자. 이러다 길에 토하겠어…."

"엄마, 근데 왜 울어?"

"간신히 움직였잖아. 토할 것 같아서… 그래서 눈물이 나와…."

살려만 주시면 정말 사랑하면서 살겠다고 부르짖고 매달린 것이 얼마나 지났다고 이러는지 부끄러워서 땅이라도 파서 도망가고 싶었다. 내가 이런 사람이었구나. 썩 괜찮은 사람인 줄 알았는데 바닥을 치고 또 치면서 보니 위선자 중에서도 위선자였다. 살았는데, 살려주셨는데 당장 천 원이 아까워서 어쩜 이럴 수 있을까?

스스로 꽤 괜찮은 사람이라고 생각했던 나도 이런데 마음으로 비난의 손가락질을 보내던 사람들은 어떨까? 그렇다면 우러러 존경하던 사람들은 좀 다를까? 아마 막다른 곳에 처하면 모두 비슷하지 않을까? 모두 막다른 상황에 다다르지 않았기 때문에 유지할 수 있는 고결함이었다. 고결한 인간은 존재할 수 없었다. 고결함에 보다 가까워지기 위한 실천을 하느냐 하지 않느냐의 차이일 뿐 나를 비롯한 모든 사람은 위선자였다.

'나는 위선자다.'

많고 많은 생일선물 중 내가 선택한 '위선자'라는 이름의 선물. 하지만 이날 받은 생일선물은 나 자신과 내가 바라보는 사람들에 대한 가치 판단에서 나를 해방시켜주었다.

Chapter 3

되찾고 싶은 소박한 일상

:
예측할 수 없는
미지의 세계

수면제를 끊으며 갑자기 시작된 부
정맥과 빈맥, 흉부의 통증으로 심장내과에서 처방해준 약 가운데 하
나가 혈압조절제로도 쓰이는 '인데놀'이었다. ADHD인 아이들이 복
용한 약 중 가장 오랜 기간 복용했던 약이기도 해서 처방을 받으면
서도 의아했고 무척 놀랐다. 먹어도 되는지 의심스러웠지만 당장 심
장에 이상이 있으니 먹지 않을 수 없었다. 찾아보니 심장질환에 주
로 처방하는 약인데, 이완에 도움을 주어서 요즘은 ADHD에도 많이
처방된다고 했다. 인데놀은 금단증상이 없으니 걱정하지 말라는 의
사 선생님 말씀에 복용하고 있었지만 여름에 시작된 여러 증상들이
금단증상으로 확인되었고, 무엇보다 졸민으로 인한 금단증상 중 부

나는 수면제를 끊었습니다

정맥이 있는 것을 확인한 후에는 인데놀을 계속 먹어야 하는지 끊임없이 고민했다.

인데놀을 복용하고 두 달 정도 지나니 흉통이 많이 가라앉았고 밤에 갑자기 가슴을 쥐어뜯게 만드는 아픈 통증과 터질 것 같은 심장 박동 울림이 상당 부분 줄어들었다. 무엇보다 약효도 있었지만 자살 충동이 누그러진 것처럼 금단증상으로 온 빈맥 역시 누그러진다는 확신이 들어서 더 이상 심장내과에 가지 않았다. 정신과 원장님의 조언에 따라 인데놀을 반 알로 줄이며 끊었지만 약을 끊은 후에도 초반과 같은 빈맥은 나타나지 않았다. 빈맥 역시 금단증상 중 하나였던 것이다. 수면제를 끊으며 나타나는 금단증상에 심장질환이 포함될 수 있다고 누가 상상이나 할 수 있을까?

심장질환은 좋아졌지만 날이 갈수록 심해지는 편두통을 보니 편두통은 금단증상과 별개인 것이 확실해 보였다. 또한 9개월간의 분투는 헛되지 않아 자기 전 복용하는 수면제는 어느 순간 스리반, 큐로켈, 환인클로나제팜 세 가지 약만 남았다. 그동안 수면제가 일으키는 금단증상은 대부분 다 겪은 것 같은데 이제 뭐가 남았을까?

병원에서 더 이상 고생하지 않을 거라고, 모두 순한 약만 남았다고 해서 지체하지 않고 그날 밤 바로 환인클로나제팜을 반 알로 줄였다.

부쩍 오른손이 뻐근하고 근육이 뭉치듯 뻑뻑하고 둔탁했다. 손을 주무르면서 보니 오른쪽 손가락 관절이 부어 있었다. 왜 이럴까? 날이 갈수록 심해지는 편두통만으로 충분히 힘든데 관절까지 이상이 생기다니 암담했다. 관절이 붓고 아픈 것을 보니 금단증상이 아니라는 생각이 들었다. 일상생활을 거의 하지 못하며 지낸 지 한참이라 손목과 손에 무리가 가거나 이상이 생길 만한 일이 없는데 왜 이런 증상이 생기는지 야속했다.

'편두통이라도 낫고 나서 아프지 대체 내 몸뚱이는 왜 이럴까?'

많이 부은 것과는 달리 다행히 관절에는 이상이 없었고 염증 수치에도 문제가 없었다. 물리치료를 다니며 신경외과에서 주는 소염 진통제와 근육 이완제를 복용했지만 호전되지 않았다.

오른쪽 손가락의 관절이 부은 것을 시작으로 점차 통증은 손목과 팔꿈치 부분까지 뻗쳐서 움직이기 힘들었고, 손바닥 근육이 오그라들면서 수축했다. 혈관에서 발견된 미약한 파열이 원인인 것 같다고 하여 힘든 와중에 혈관 경화 주사 시술을 받았지만 손은 일상생활이 불가능할 정도로 수축했고 통증은 악화되었다. 세수, 설거지, 옷을 입고 벗는 것, 물건을 드는 것, 젓가락질, 스마트폰으로 전화를 받거나 문자메시지를 보내는 일 등 일상의 모든 일을 전혀 할 수 없었다. 고용량의 진통제를 먹어도 나아지지 않았고 얼마 남지 않은 수면제에 최대한 적응하며 그나마 최소한의 잠을 자고 있었는데 오른손이 너무 아파서 잠을 잘 수 없었다. 누울 때와 잘 때 손을 어디에 어떻게 두어야 하는지를 뇌와 몸이 망각한 듯했다. 손을 어디에 어떻게 두어야 하는지를 잊을 수 있다니 생각만 해도 어처구니가 없었다.

손이 너무 아파서인지 두통도 더욱 심해졌다. 12시간 이내에 연달아 복용하면 안 된다는 편두통 급성 진통제를 며칠 간 계속 먹어서 그런지 자연스럽게 손으로 올리고 내리는 일상적인 동작을 어떻게 해야 할지 몰라 안절부절못했다. 밤마다 화장실은 또 어찌나 가고 싶은지 방광을 발로 뻥 차버리고 싶었다. 그렇다고 화장실에 가서 시원하게 소변을 보는 것도 아니었다. 생리나 배란기 즈음도 아니었고, 복부가 아픈 것도 아니었지만 이유 없이 화장실만 자꾸 들락거렸다. 잠을 자지 못하는 과각성 상태에 통증으로 과민해져 있으니 방광도 예민해져서 그런 것 같았지만 이삼십 분마다 화장실에 들락거리다 보니 지치다 못해 화가 치밀었다.

'이러다 약을 끊기 전에 미쳐버리겠어!'

급기야 견딜 수 없는 두통으로 영화에나 나올 법하게 머리를 벽에 갖다 대고 앞뒤로 쿵쿵 박고 두들겼다. 스스로 머리를 벽에 박고 치다니 미친 사람 같았지만 두통을 조금이라도 줄일 수 있다면 뭐든지 다 할 수 있었다.

'무엇이든 할 수 있는데… 정말 뭐든 다 할 수 있는데… 더 이상 할 수 있는 게 아무것도 없네….'

유일하게 할 수 있는 것은 우는 것밖에 없었다. 아파서 울고, 괴로워서 울고, 속상해서 울고, 화가 나서 울고, 지쳐서 울고, 견디기 힘들어서 울고, 이 상황에서 벗어나고 싶은 염원에 울고, 희망이 사라진 상태에서 할 수 있는 것은 오직 우는 것뿐이었다.

이러다 손이 터져버리지 않을까 싶을 정도로 손등과 손바닥 근육이 오그라들면서 수축했다. 본격적으로 몸살 기운이 돌았고, 식욕저하와 어지러움, 소화불량이 심해지면서 작년에 금단증상이 최정점이었을 때와 마찬가지로 감각 이상과 통증을 느꼈던 왼쪽 발이 다시 시리고 멍하면서 아프기 시작했다. 분명히 정신과에서 환인클로나제팜은 금단증상이 거의 없을 거라고 했고 조금씩 나아지는 상황이었는데 아무래도 이상했다. 산에서 내려오나 싶었는데 다시 올라가야 했다. 그것도 험산준령을.

환인클로나제팜을 단약하며 나타난 손의 이상한 통증과 극심해진 근육통에 대한 이야기를 하니 병원 원장님은 금단증상이 거의 없는 약이라며 의아해하셨다. 금단증상에 대해서는 약을 처방한 의사조차도 이해하기 힘들고 특히 납득하기 힘든 증상에 대해서는 몰입해서 이야기하지 않는 것이 환자인 나를 보호하고 약을 빨리 끊을 수 있는 길이라는 것을 알고 있었기 때문에 더 이상 나는 그 부분에 대해 구체적으로 언급하지 않았다.

금단증상의 고통을 호소할 때마다 원장님이 권유한 대로 졸민과 스틸녹스를 증량하고 유지했다면 지금까지 끊지 못했음이 분명했다. 정해진 매뉴얼이나 방법이 없는 수면제 단약에 대해 정답을 알고 있는 사람이 있을까? 수면제를 끊으며 고통스러워하는 환자의 신체적·정신적 상태에 따라 의사 입장에서는 가장 적절한 처방을 해주겠지만 금단증상은 상당히 예외적이며 예측할 수 없는 미지의 세계였다. 딱히 해결책이 없는 것은 전문가인 의사나 비전문가인 나나 마찬가지였다. 어떻게 전문가와 비전문가가 균형을 이룬 금저울처럼 동일 선상에 있을 수 있는지 기가 막힐 따름이었다.

'이제는 다시 돌아갈 수도 없어. 차라리 시작하지 않았으면 모르지만 돌아갈 수 없으니 싫어도 끝까지 가야 해. 선택의 여지가 없어. 아무도 모르는 길, 혼자 가야 하는 길이지만 그래도 가자.'

다시 원점으로 돌아왔다. 약이 줄어든 것 외에 신체에 나타나는 모든 이상 증상과 근육통은 더욱 심해졌다.

"정윤주 님 같은 분은 처음 봤어요. 졸민과 스틸녹스를 끊은 환자는 한 명도 못 봤는데 이건 정말 기적이에요. 진짜 대단하세요! 처음에 오셨을 때를 생각하면 지금 복용하는 약은 그때의 15퍼센트 정도밖에 되지 않아요. 그러니 이제 남은 약들은 몸을 살피면서 천천히 끊으세요."

어떤 게 기적일까? 내 삶은 엉망진창이 되어 살아가는 것 자체가 고통인데 약을 끊은 것만으로 기적이라고 한다면 그 이후의 삶은 어떻게 살아야 하고, 대체 이 약은 왜 처방하는 걸까? 끊는 것이 기적인 약 같으면 처음부터 아예 처방을 하지 말았어야 했다는 원망이 다시금 들었다. 대체 언제 끝이 나는지, 끝은 정말 있는 것인지 희망 없는 공포와 불안감이 나를 잠식했다.

수면제를 먹는 사람은 많은데 약을 끊은 사람은 없었다. 끊을 수 없는 것이 정해진 답일까? 정답이 있음에도 나는 오답을 작성한 후 가위표가 그어지는 것을 두 눈으로 확인해야 마지못해 인정하는 똥고집이라 이럴까? 분명 오답이 아니라 문제 자체가 잘못되었음을 확신하는데 어떻게 증명할 수 있을까?

약을 끊어야 입증할 수 있었다. 더 이상의 고통은 감당하기 힘들다며 발악하는 뇌와 끝까지 증명해야 한다는 생각 사이의 크나큰 혼돈 속에서 반 알만 복용하던 환인클로나제팜마저 모두 버리고 먹지 않았다.

．
．
．

벌레와
잉여인간 사이

　　　　　　무식하고 단순하게 아무런 정보도 없이 졸민을 끊었다. 금단증상을 겪으면서 비로소 내가 복용했던 약들에 대해 찾아보며 공부했지만 그리 도움되지 않았다. 약에 따라 뇌에서 작용하는 원리가 다를 뿐 뇌에 직접 작용하는 정신과 약들에 뇌가 적응하고, 적응이자 중독인 시간이 장기화된 상태에서 약을 줄이거나 끊으면 금단증상이 발생하는 시스템은 모두 동일했다.

　아무리 생각해도 이상했다. 시기적으로 금단증상과 맞물려 발생한 편두통과 혈관에 미세한 파열이 있다고 하지만 급격하게 손을 쓰지 못할 정도의 근육통과 수축, 발의 통증과 감각 이상들은 단약의 안정기에 들어섰다가 환인클로나제팜을 끊으면서 증폭되거나 발생한 이상들이 아닌가?

환인클로나제팜은 금단증상이 거의 없다는 의사 선생님 말씀을 믿고 싶었고 기대했지만 현실은 달랐다. 금단증상에 대해 잘 아는 의사가 거의 없다는 것을 재차 확인하며 현실을 받아들이기로 했다. 이 모든 것이 금단증상이라면 각각의 증상에 대한 치료는 큰 의미가 없음이 분명했다. 금단증상을 관장하는 뇌라는 뿌리가 회복되지 않으면 가지 끝에 달린 각각의 잎을 아무리 관리해도 나무가 좋아질 수 없었다. 뿌리가 아닌 잎사귀에 지나지 않는 물리치료를 취소했다.

진통제의 효과를 느낄 수 없는 심한 편두통 때문에 지압봉을 이마에 대고 수시로 누르며 문지르다 보니 이마에 상처가 생겼고 군데군데 벗겨진 피부에는 멍이 들었다. 그동안 편두통은 금단증상과는 별개라고 생각했는데 환인클로나제팜을 끊으며 증폭되는 편두통을 보니 편두통 역시 부정맥처럼 단지 편두통이라는 증상으로 나타난 금단증상 중 하나라는 사실을 깨달았다.

편두통 약이 어느 정도 두통을 가라앉게 했지만 극도로 스트레스를 받은 뇌는 편두통 약을 받아들이기보다 부작용으로 반응하며 거부했다. 위장 장애와 소화불량 역시 더욱 심해진 마당에 큰 의미 없는 편두통 약을 줄이기 시작했다. 오른손의 통증과 고통만으로도 힘든데 왼발의 시림과 멍함, 통증이 나날이 심해지며 정상적으로 걷는 것이 힘들어졌다. 이마에서 발로 옮겨진 지압봉 덕분에 발등에도 멍이 들었고 어떤 날은 반나절을 지압봉과 씨름하며 보냈다.

아무것도 하지 못하면서 기어 다니는, 약을 끊기 전보다도 못한 상황이 되니 모든 것을 놓아버리고 싶었다. 차마 죽음을 언급할 수는 없었고 죽고 싶은 것은 아니었지만 천국에 가면 고통 없이 얼마나 안락할까 싶어서 천국에 데려가달라고 기도하며 울부짖었다.

'하나님, 더 이상 견디지 못하겠어요. 약을 끊고 제게 주어진 남은 인생을 저와 다른 사람들 모두 행복하고 이롭게 하는 일을 하다가 천국에 가고 싶은데… 제 삶의 목적을 찾고 주어진 소명을 다하고 가야 한다는 것을 아는데… 보셔서 아시잖아요? 더 이상 못하겠어요. 제가 천국에 가면 제 아이들을 하나님께서 책임져 주시고 나약한 저를 용서해주세요. 제발 저를 불쌍히 여겨 긍휼을 베풀어주세요.'

절대로 죽고 싶지 않았다. 스스로 삶을 포기할 생각은 추호도 없었고, 단지 끝이 보이지 않는 고통 속에서 구해달라는 절규였다.

오른손을 사용할 수 없으니 기본적인 세수와 양치가 힘들었고 머리를 감는 것은 더욱 힘들었다. 아무것도 할 수 없었다. 작년에는 이 시간들이 지나면 좋아질거라는 희망이 있었지만 나아지다가 예상밖의 금단증상이 닥치니 언제 사형이 집행될지 모르는 사형수처럼 불안과 초조, 공포만 남아 하루하루가 지옥이었다. 이렇게 무기력할 수 있을까 싶을 정도로 무기력했고 우울했다. 말 한마디 할 기운도 없었지만 누가 말을 걸기만 해도 속상하고 짜증났다. 귀찮아서 하지 않는 것이 아니라 하고 싶어도 할 수 없다는 사실은 끝없이 나를 우울하게 했다.

낮잠이 들면 밤에는 더욱 잠을 잘 수 없었고 그렇다고 집에서도 할 수 있는 것이 없으니 종일 설교와 찬송가, 관심 있는 유튜브 강의들을 틀어놓았다. 벌써 9개월가량을 대부분 이렇게 지내니 징글징글하다 못해 미칠 지경이었다. 세수하기 힘들었지만 깔끔한 편이라 씻지 않으면 못 견디는 성격인데도 씻기 싫었고 손가락 하나 까딱할 수 없었다. 단 1퍼센트의 에너지도 남아 있지 않았다. 아침에 눈을 뜨면 차마 굶을 수 없으니 울렁거림을 감당할 수 있을 만큼만, 죽지 않을 만큼만 챙겨 먹고 다시 쓰러져 온종일 꼼짝하지 않았다.

소변이 마려워 화장실에 가고 싶었지만 일어날 수 없어서 최대한 참고 또 참았다. 더 이상 참지 못해 방광이 터질 지경이 되어서야 간신히 일어나 화장실 불을 켰다. 화장실을 가지 않기 위해 기저귀를 차볼까 하는 생각이 스쳤지만 기저귀를 사기 위해 신경 쓸 에너지조차 없었다. 화장실에 가거나 물을 마시는 기본적인 생존을 위한 행동들도 벅차다 못해 나를 짓눌렀다.

오직 숨만 쉴 수 있었다. 숨 쉬는 것도 힘든데 호흡이 알아서 멈춰주면 얼마나 좋을까? 어찌나 무기력했는지 죽기 위해 사용할 에너지도 바닥났다. 힘들어도 일어나서 움직이고 세수하고 집 앞에 잠깐이라도 나갔다 오면 나아진다는 것을 알면서도 할 수 없었다.

'앞으로 다시 일상생활을 할 수 있을까? 경제활동은 할 수 있을까? 제대로 걸을 수 있을까? 아무 데도 아프지 않고 힘들지 않은 삶을 살 수 있을까? 멀미하지 않고 차를 탈 수 있을까? 설거지는 할 수 있을까? 음식은 만들 수 있을까? 글씨를 쓸 수 있을까? 단추 달린 옷을 입을 수 있을까? 보통 사람들처럼 인간답게 살 수 있을까?'

이제는 좋아지는 줄 알았는데 다시금 누군가 내게 이혼하고 수면제를 복용하더니 결국 만신창이가 되어버린 사람으로 손가락질 할까봐 겁이 났다. 상황이 좋지 않을 때마다 흔들리며 타인의 시선에서 스스로를 관찰하고 평가하는 못난 내가 더욱 싫었다. 막상 사람들은 내게 그만큼의 관심을 갖고 있지 않다는 것을 알면서도 스스로 수면제와 이혼이라는 가장 아프고 민감한 부분에 있어서는 한없이 움츠러들었다.

'난 아무 쓸모없는 잉여인간이야.'

마음이 걷잡을 수 없이 무너졌다. 아무짝에도 쓸모없는 사람이라는 인식이 한번 자리하니 끝이 없었다. 아무도 뭐라 하지 않음에도 일상생활을 하지 못하면서 다른 가족들을 불편하고 불안하게 하는 나 같은 사람이 공간을 차지하는 것, 식사하는 것, 화장실을 가는 것도 미안했다. 주위를 갉아먹는 좀이나 다름없었다. 미안하면서도 한편으로는 미안한 감정이 들도록 하는 상황과 사람들을 원망했다. 현재의 무기력은 내 문제가 아니라 단지 수면제 때문이라고 우기며 변명하고 싶었지만 그럴수록 내가 문제라는 생각에 더 큰 환멸만 느껴졌다.

나도 내가 이토록 싫은데 가족과 아이들은 오죽할까? 아이들도 이제는 내가 싫을 것 같았다. 모두가 나를 싫어하고 손가락질할 것만 같았다. 사람이 아닌 벌레라는 생각이 매일 맴돌았지만 그 무엇이든 아무것도 할 수 없다는 사실만은 변함이 없었다. 난 벌레만도 못한 잉여인간이었다.

한때는 우울함의 나락에 떨어져 아무것도 하지 못하는 무기력한 사람들을 이해하지 못했다. 겉으로는 이해한다고 말했지만 피상적인 추측이었고, 이해가 아닌 이해하는 척이었다. 무기력과 우울의 밑바닥에 한번 빠지고 나니 손가락 하나 움직이는 것이 왜 그토록 힘든지 알게 되었다. 하고 싶은 마음이 있고 그렇게 해야 하는 것도 당연히 알고 있지만 정말로 할 수 없었다. 핑계가 아니었다. 할 수 없는 내게 말할 수 없이 화가 나고 이렇게 나약한 인간인가 싶어서 속상하고 수치심이 몰려왔지만 의지로 되는 부분이 아니었다.

더 이상 무슨 말을 해야할 지 모르는 엄마와 친구, 아이들 모두 내게 "힘내"라는 말을 건넸다. 그때마다 위로의 말은 강력한 사슬과 수갑이 되어 나를 더욱 옥죄고 숨 막히게 했다.

'나도 힘내고 싶어. 무기력한 내가 너무 싫어. 내가 하기 싫어서 안 하는 게 아니라고. 정말로 안 되는데 어떡해. 차라리 그런 말을 하지 마. 나도 미칠 것 같아.'

일어나자고, 힘내자고, 수백 번 다짐하고 애를 써봐도 거짓말처럼 움직일 수 없었다. 그럴수록 가스 불 위의 마른 오징어처럼 바싹 오그라들다 새카맣게 타서 결국 부서져버릴 것만 같았다. 타버리거나 부서지고 싶지 않았지만 도저히 손가락 하나 들 수 있는 힘조차 낼 수 없었다. 의지박약이 아니었다. 의지나 핑계 문제가 아니라 아무리 애를 써도 힘을 낼 수 없다는 사실을 알지 못한 채 그동안 얼마나 쉽게 의례적인 말을 했었나? 힘을 낼 수 없는 사람에게는 그 말조차 비수였다.

'내가 이토록 이기적인 인간이었구나. 진심으로 누군가의 아픔을 공감해본 적이 없었어….'

힘들어하는 상대를 위로하고 느낀 만족은 '공감하는 척'이었지 공감은 아니었다. 공감과 비슷해 보이지만 공감하는 척은 공감과는 별

개였다. 행위와 만족에 속아 나는 스스로 배려심 많고 공감이 뛰어난 이해심 많은 사람이라고 생각했다. 난 오만덩어리였다.

:
힘내지 않아도
괜찮아

나는 다르다고 생각했고 남과 다르고 싶어서 노력했다. 주어진 것에 노력하는 성실한 내가 대견했다. 슬렁슬렁 대충대충 편해 보이지만 삶을 되는 대로 사는 것처럼 보이는 사람들, 노력하지 않고 잔꾀를 부리는 것처럼 보이는 사람들과는 달리 열심히 살았다.

대체 무엇을 위해 열심히 살았을까? 무엇이 다르고 싶었을까? 왜 다르고 싶었을까? 내 삶이었으나 나는 사라지고 타인만이 가득했다. 제아무리 열심히 일해도 노예의 소득은 주인에게 속하는 것처럼 주인 없는 삶 속에서 타인의 기준, 타인의 모습, 타인의 성공에만 맞추어 열심히 살았으니 지친 몸과 마음만이 나를 기다렸다. 내가 없는 삶에 나의 부재를 모르는 사람들이 던지는 위로는 내 것이 아니었다. 위로조차 내 소유가 될 수 없는 삶에 자리한 타인들을 위해 사용할 힘은 더 이상 남아 있지 않았다.

나와 아이들을 지키고 싶었고 불행하고 싶지 않아서 이혼을 선택했다. 상처가 아물고 나면 행복이 자연스럽게 찾아온다고 여겼지만 좀처럼 다가오지 않았고 느끼거나 만질 수 없어서 애가 탔다. '시간이 약'이라는 말처럼 아픈 상처와 감정, 힘든 시간은 굳이 애쓰지 않아도 시간이 해결해주리라 믿고 외면했다. 안정과 비슷해 보이는 모래성을 쌓았지만 무너질까봐 전전긍긍했다. 아프고 힘들어하는 나와 아이들과 달리 밝게 빛나는 타인을 바라봐야 모래성이 무너지기 전에 진짜 안정과 행복을 가질 수 있을 것 같았다. 하지만 두려워서 외면할수록, 타인을 바라볼수록, 조바심 낼수록, 무엇보다 갖고 싶어서 애를 쓸수록 행복은 멀어져만 갔다.

많이 노력하는데, 사랑하는데 우리는 왜 행복하지 않을까? 아이들과 예쁘게 사는 것이 가장 큰 소망이었는데 왜 이렇게 되었을까? 취약성을 지닌 아이들을 원망했고, 애쓰며 희생하는데도 나에게만 가혹한 세상에 억울했다. 아무도 내게 희생을 강요하지 않았음에도 스스로 희생해야 한다는 압박 속에 억지 희생을 하느라 원망은 더욱 커졌다. 나 자신에게 압박을 가할수록 고통이 종결되고 행복이 빨리

다가온다는 생각에 더욱 속도를 내는 데 몰두했고, 엄격한 기준을 제시했다.

공감, 경청, 아이들의 아픔은 뒷전이었다. 시간을 아껴야 했다. 최대한 과정을 줄이고 속전속결로 최적화하여 행복의 정답에 맞추는 것이 급선무였다. 정답이 무엇인지도 모르면서 지치고 힘든 나에게 시간과 수고가 들어가는 과정까지 요구하는 것은 그야말로 억지라며 당당했다. 이보다 더 잘할 수는 없었다.

그런데, 그래서, 그렇게 해서 나와 아이들은 행복을 얻었나? 느낄 수 없고, 만질 수 없어서 부러워 하던, 맹렬히 속도를 내면 가질 수 있으리라 여긴 행복을 만져는 보았나? 더욱 불행했고 오히려 생각해보지도 않은 죽음의 순간에 아이를 향한 사랑과 아이가 내게 주는 사랑을 느끼며 감사하고 행복했다. 더 이상의 고통은 상상할 수 없는 죽음의 순간에 존재 자체에 대한 감사와 사랑이 준 행복은 세상의 어떤 행복과도 비교할 수 없었다. 파랑새는 동화처럼 이미 나와 아이들 마음속에 있었음에도 그동안 내가 외면했을 뿐이었다.

밝게 빛나는 저 사람들은 내가 아니었고, 상처 입고 아파하는 나는 그들이 아니었다. 과거의 나, 행복한 나, 수면제를 복용한 나, 상처에 고통스러운 나, 아무것도 할 수 없는 나, 금단증상으로 고통받는 지금의 나, 앞으로 더 큰 고통을 받을 수도 있는 나, 어떠한 모습의 나일지라도 외면하지 말고 받아들이고 싶었고 받아들이기로 했다. 작은 위로부터 내 것으로 만들었다. 조바심 내지 않아도, 애쓰지 않아도 가질 수 있는 위로부터 붙잡았다.

'괜찮아.'

'힘내려고 애쓰지마. 힘내지 않아도 괜찮아. 남들을 위해 힘내지 않아도 괜찮아.'

'나를 위해 힘내고 싶을 때 힘내면 돼. 힘내지 않아도 괜찮아.'

아무것도 하지 않아도, 지금은 약을 끊는 것에만 집중해도 괜찮았다. 9개월을 이렇게 살았다고 앞으로도 계속 이렇게 산다는 보장은 없었다. 수면제를 5개나 끊었음에도 달라진 게 없는 것이 아니라 벌써 아무도 못 끊은 수면제인 졸민과 스틸녹스를 끊었으니 곧 앞으로도 약을 끊을 수 있다는 희망의 증거였다. 그동안 열심히 살았으니 인생 백 년 중 일이 년 정도는 휴식 시간을 주어도 괜찮았다. 일을 하지 못해도, 일상생활을 하지 못해도 괜찮았다. 가장으로, 엄마로, 딸로, 하나의 인간으로 제 역할을 하지 못한다 해도 영영 이대로 살지 않을 테니 괜찮았다. 나를 위해 몇 년 투자하고 좋아진 후 주어진 역할로 다시 돌아와도 괜찮았다.

'아무것도 하지 않아도 괜찮아. 너무 잘하고 있어.'

'아무것도 하지 않으면 어때? 괜찮아!'

．
용기 내어 마신
커피 한 모금

더 이상 무기력하고 우울하게 지낼
수 없었다. 나도 살고 아이들도 지키겠다는 마음을 먹으며 살기 위
해 수면제 복용을 결심한 그때처럼 내가 회복하고 아이들을 회복시
키기 위해서는 끝을 알 수 없을지라도 무기력한 상황에서 벗어나 약
을 끊어야 했다. 지금보다 더 위험한 순간에도 견디고 여기까지 왔
는데 못 끊을 이유가 없었다.

'한 번 해서 안 되면 두 번 하고, 두 번 해서 안 되면 세 번 하고, 세
번 해서 안 되면 다섯 번 하고, 다섯 번 해서 안 되면 일곱 번 하고, 일
곱 번 해서 안 되면 열 번 하고, 스무 번 해서 안 되면 서른 번, 또 백
번 하면 되니까….'

타인을 위한 삶이 아니라 내가 주인이 되는 삶, 지금은 끝이 아니라 그 시작에 불과했다. 나는 포기하지 않았고 실패하지도 않았다. 계속 포기하지 않으면 성공할 수밖에 없는 것이 인생이며 넘어져도 또 일어나면 되는 것이 인생이었다.

한 달 만에 본 정신과 원장님께서 환인클로나제팜을 지독하게 끊은 나를 보고는 수고했다며 칭찬하셨다. 그러나 진료를 마치고 뒤를 도는 순간 한마디를 덧붙이셨다.

"몸 상하지 않게 줄이세요. 단약에 대한 강박을 갖지 마세요."

'단약에 대한 강박이 아니라 의지에요!'

금단증상을 겪어본 적이 없으니 알 수 없는 것은 당연했지만 이건 강박이 아니라 사람답게 살고 싶은 소망이자 의지였다. 더 이상 불면증과 우울, 약에 좌지우지되지 않는 인간의 존엄성을 다시 찾고 싶은 갈망이며 회피하지 않고 맞서겠다는 용기였다. 증상에 대한 이해를 구할 수는 없어도 심적인 공감만이라도 얻고 싶다는 일말의 기대마저 놓아버렸다. 어떤 종류의 기대라도 기대는 나를 힘들게 만들 뿐이었다. '강박'이라는 단어 자체가 주는 미묘한 서운함은 있었지만 원장님 역시 나를 걱정한다는 담백한 사실만 받아들였다.

'내 인생에 남아 있는 약을 끝까지 없애버릴 때까지 절대 포기하지 않을 거야. 시간이 길어져도, 누가 뭐라 해도 다시 수렁에 빠지지

않을 거야!'

어떤 일이 있어도 간신히 붙잡은 나를 포기할 수 없었다. 나를 사랑하고 돌보고 지키는 것은 내게 주어진 특권이자 책임이었다.

고군분투하는 나를 위해 작은 선물을 하기로 했다. 가장으로서 책임을 다하지 못하기 때문에 돈을 쓰면 안 된다는 생각에서 벗어나기 위한 실질적인 행동이 필요했다. 수면제를 끊으면서 제일 생각나는 것은 커피였다. 하루 한 잔 맛있는 커피가 주던 일상의 여유와 즐거움을 다시 누리고 싶은 마음에 더욱 커피가 간절했다. 커피는 나른한 오후에 내게 주던 소소한 선물이자 행복의 시간을 대표했다. 수면제를 끊으면서 커피는 상상할 수 없었지만 행복에 대한 추억이자 미래에 대한 희망을 선물하기로 했다.

오랜만에 커피 전문점의 문을 밀고 들어갔다. 어찌나 가슴이 뛰던지 마치 웨딩드레스 투어를 다니며 앞날에 대한 희망과 기쁨으로 드레스샵의 문을 열던 때처럼 설렜다. 커피 전문점의 새로운 인테리어와 함께 시즌 커피가 눈에 들어왔다. 수면제를 끊기 전 즐겨 마시던 카페라떼를 주문하려던 순간, 시즌 커피를 보니 문득 새로운 커피가 마시고 싶어졌다. 주춤하다 결정하지 못하고 자리에 앉았다. 오늘 커피를 마시고 나면 언제 다시 마시게 될지 모른다는 생각에 후회를 최소화하고 싶었다. 실은 최상의 선택에 대한 욕심과 불완전한 선택의 결과에 대한 불안이었다. 차라리 누가 골라줬으면 하는 마음이 순간 들었다. 커피 한 잔으로 상황은 유동적으로 변할 수 있지만 나는 변하지 않는다는 사실은 명확했다. 무엇보다 내 삶에 필요한 것은 작은 용기와 도전이니 미미한 것에서부터 시작하기로 했다. 과거가 아닌 현재에 끼어들고 싶은 소망을 담아 일부러 시즌 음료 중 가장 인기가 많다는 디카페인 달고나라떼를 주문했다.

'혹시 속이 더 안 좋아지면 어쩌지? 디카페인이지만 오늘 다시 밤을 꼴딱 새고 더 고통스러워지는 것은 아닐까? 다른 것도 아닌 커피를 마시는 건 위험부담이 크지 않을까?'

좋아하던 커피 한 잔을 받아들고서 좌불안석인 내가 애처로웠지만 이렇게 커피를 마실 수 있는 최소한의 상태로 도전할 수 있음에 감사했다. 용기 내어 마신 커피 한 모금, 입 안 가득히 느껴진 향과 맛은 형용할 수 없을 만큼 감미로웠다. 목으로 천천히 넘기면서 다시금 커피 한 잔의 여유를 즐기며 사는 소박한 일상을 간절히 꿈꿨다. 커피로 대표되는 행복의 시간, 내가 누리며 되찾고 싶은 것은 특별한 것이 아니라 지극히 평범한 일상이었다.

이름을 떨치는 부호나 석학 그 누구도 부럽지 않았다. 가끔은 무료한 것 같은 일상을 누리며 자신의 삶이 가장 빛나고 아름답다는 것을 깨닫지 못한 채 살아가는 평범한 사람들이 뼈에 사무치도록 부러웠다. 머리와 입술로만 기계처럼 반복 재생하던 감사를 읊을 때는 평범함에 내재된 의미와 가치를 깨닫지 못했다. 누구에게나 동일하게 주어진 일상일 뿐이었다. 비범함이 아닌 평범함을 찾기 위해 몸부림쳐야 하는 순간이 올 수도 있다는 사실을 진작 알았다면 얼마나 좋았을까?

진작, 예전에, 과거에 알았더라면… 지금은 아무런 도움이 되지 않는 단어들을 마지막 남은 커피 한 모금과 함께 훌훌 털어버렸다. 똥인지 된장인지 맛을 봐야만 깨닫는 인간이라 혹독히 겪고 있지만 그만큼 톡톡히 깨닫게 되었으니 이제 남은 건 하나였다.

'깨달은 대로 실행하자.'

Part 2

인생을 회복시키는 시간

나는 수면제를 끊었습니다

Chapter 4 >>

있는 그대로의 나를 인정하기

:

실행의 첫걸음,
걷기

스트레스, 우울증, 불면증, 화병, 트라우마, 공황 장애, 불안 장애 등 사람마다 현재 겪고 있는 증상과 그 원인은 각양각색이지만 정신과에 가면 공통적으로 스치듯이 한 번씩은 꼭 듣는 말이 있다.

'매일 30분 정도 햇빛을 보며 운동하고, 균형 있고 영양가 있는 세 끼 식사를 하며, 규칙적인 생활과 충분한 수면을 취한다.'

동일한 문구는 아니지만 진료 시에도 한두 번 정도는 의사 선생님께서 체크하시는 부분이다.

"운동은 하세요? 세 끼 식사는 잘 챙겨 드시나요? 잠은 어떻게 주무세요?"

너무나 교과서적이고 원론적인 말이라서 진료를 받을 때마다 뻔한 것을 왜 번번이 질문하나 싶어 짜증나고 답답했다. 잠을 잘 못 자니 수면제를 먹고, 몸과 마음이 힘드니 운동할 여력이 없고, 식사 또한 제대로 하기 힘든 것은 물어보지 않아도 당연한데 그걸 왜 진료할 때마다 물어보나 싶었다.

물론 운동, 식사, 수면이 정신과 치료에만 국한된 것이 아니라 건강한 삶을 유지하기 위한 기본 사항이라는 것은 충분히 알고 있다. 하지만 이게 다 되면 누가 병원에 갈까? 안 되니 병원에 가는 거고, 잠을 못 자서 안 되니까 못하는 것이다. 안 하려는 게 아니라.

'일부러 안 하는 게 아니라 하고 싶은데 안 되는 걸 어떡해?'

교과서적인 말대로 해서 다 좋아진다면 세상에 우울하고, 잠 못 자고, 마음이 힘들어 병이 난 사람은 단 한 사람도 없겠다며 코웃음을 쳤다. 전혀 와닿지 않았고 귀 기울이지도 않았다. 운동이 신체 건강에 좋다는 것은 알고 있지만 지금은 집에서 걷기도 힘들어서 거북이마냥 기어 다니는 사람한테 무슨 운동이냐며 가당치 않다고 여겼다.

비타민D가 충분하지 않으면 우울증에 걸릴 확률이 높아진다는 사실은 알고 있기 때문에 부족한 햇빛은 비타민D 영양제로 보충하고 있었다. 아무것도 먹고 싶지 않아서 식사를 하지 않는 것이 아니라 속이 울렁거려서 할 수 없었다. 너무나 자고 싶지만 수면제를 끊는 마당에 더 이상 뭘 어떻게 하나 싶었다.

하지만 날이 갈수록 칼로 후비고 찢기는 듯한 왼발의 통증과 에이고 시리면서 한편으로는 멍하니 둔한 피부의 감각 이상이 심해져서 마냥 이렇게만 있을 수는 없었다. 너무 멍해서 발을 어떻게 땅에 내딛어야 할지 알 수 없었고, 뇌가 어떤 방법으로 걸어야 하는지도 잊은 것 같았다. 그렇지만 완전히 잊어버리는 것만큼은 막아야 했다.

선택의 여지가 없었다. 살아온 날만큼 살 테니 이대로 있을 수 없었다. 뜻이 있으면 길이 있다고 했으니 할 수 없는 와중에 할 수 있는 것을 찾아야 했고 지푸라기라도 잡고 싶었다. 이것저것 따질 상황이 아니었다. 멋모르던 시절의 기대처럼 약을 다 끊는 순간 금단증상역시 바람처럼 사라지지 않는다는 사실은 충분히 알았다. 평생 금단증상으로 고통받으며 살 수는 없었다.

더 이상 생각하지 않고 입고 있던 옷차림 그대로 밖으로 나갔다. 제대로 몸을 가누지도 못하는 상황에 난데없이 나가서 걷자고 하니 온 가족이 말렸지만 결국엔 함께 걸었다. 힘들고 아파서 얼마 걷지 못하고 집에 돌아와 겉옷을 벗지도 못한 채 주저앉았다. 하지만 잠시나마 아이들과 나갔다 왔다는 사실에 마음만은 흐뭇했다. 게다가 생각한 것보다 훨씬 많은 사람들이 활기차게 걷고 있었다. 건강해서 걷는 것인지, 걸어서 건강한 것인지는 잘 모르겠지만 걷는 사람들이 많다는 것은 걷기가 분명히 건강에 도움된다는 증거이니 나 또한 계속 걷기로 마음먹었다.

참 신기하게도 걷고 온 것 외에는 다른 날과 아무것도 다른 것이 없음에도 뭔가 다른 기분이 들었다. 매일 나가서 걷고 싶은 생각이 굴뚝같았지만 잠깐 걷고 와서도 이튿날까지 끙끙 앓는 내 페이스에 맞추기로 했다. 일주일에 한두 번 정도로 걷기 시작해도 걷지 않던 때와는 분명히 달라질 거라고 믿었다. 알고도 하지 않던 때와 실행하는 지금은 마음가짐부터 전혀 다르지 않은가?

입꼬리를 끌어올릴 수 있는 만큼 눈꼬리 쪽으로 당기며 거울을 보고 웃었다. 웃는 게 예쁘다는 얘기를 꽤 들었고 잘 웃었는데, 언제 웃었는지는 기억나지 않았다. 어린이날과 어버이날에 억지로라도 웃어야 할 것 같아서 어색하게 웃은 것 외에는 짜증과 분노만 남아 있는 얼굴이었다. 정말 웃고 싶었지만 웃음이 나오지 않았다. 평안하고 즐겁게 마음껏 웃을 수 있는 날을 기다렸고 더 크게 웃으리라 기대했는데 오히려 남아 있던 웃음 한 조각까지 사라져버렸다. 대체 난 언제 웃을 수 있을까? 정말 웃고 싶었다.

'웃고 싶으면 웃으면 되잖아!'

간절히 웃고 싶으면 지금 바로 웃으면 되는데 어이없게도 웃을 수 있는 완벽한 상황만 기다렸다. 완벽한 조건, 내가 원하는 조건 아래에서의 웃음이 아니라 웃어서 행복을 만들기로 했다. 행복이 나를 선택하지 않아도 웃음은 내가 선택할 수 있었다. 억지웃음이라고 웃음이 아닌 것은 아니니까.

"대견해, 잘하고 있어. 분명히 약을 끊을 수 있어!"

미친 사람처럼 소리 내어 말했다. 어찌나 어색하던지 목소리가 잠겨서 잘 나오지 않았다. 오래전 첫 강의를 하던 때처럼 어색함과 동시에 기분 좋은 긴장감이 살짝 느껴졌다. 병원 서비스 컨설팅과 DISC(인간의 행동유형 진단 및 분석 체계) 강사 일을 해오면서 기본적인 동기부여와 인간의 심리에 대한 이해가 있었기 때문에 내가 할 수 있는 방법을 총동원하기로 했다. 머릿속에서 생각만 하는 것과 실제 말과 글로 표현하는 것은 현격한 차이가 나기 때문에 수많은 동기부여가와 학자들이 소리 내어 말하고, 글로 작성하고, 눈으로 보라고 조언했다. 생각을 간직하면 간직이 아니라 의미 없이 휘발될 뿐이었다.

"난 행복해, 분명히 약을 끊을 수 있어! 난 약을 다 끊었어!"

생각이 휘발되지 않도록 결심에 책임지기로 했다.

:

변화를
받아들이다

걷기 시작한 지 얼마 되지 않아 숨이 가쁘게 차올랐다. 다시 부정맥이 왔나 싶었고 걷지 않다가 쇠약해진 몸으로 걸으니 그런 것 같아서 시간을 갖고 기다리기로 했다. 하지만 시간이 지날수록 숨쉬기가 더욱 힘들고 가빠져 말을 하거나 음식을 삼키는 것이 힘들었다. 숨을 제대로 쉬지 못하니 맛은 당연히 느낄 수 없었고, 간신히 죽지 않을 정도로만 식사를 하는데 호흡이 곤란하니 식사 시간은 더 큰 스트레스였다. 음식을 목구멍으로 삼키면 숨이 더 막힐 것 같아서 식탁 의자에 앉는 순간부터 온 신경이 곤두섰다.

대화할 때는 숨이 가빠 대화 도중 숨을 크게 들이쉬고 말을 잇거나 아예 중단했다. 기가 막히게도 어떻게 호흡해야 하는지 생각나지 않아서 자연스럽게 숨을 쉴 수 없었다. 지난번 겪은 부정맥처럼 양상이 조금 다르게 나타나는 금단증상 중에 하나인 것 같았지만 두려움은 커졌다. 밤이 되면 숨을 쉬지 못해 밤사이 죽을 것 같은 두려움 때문에 잠은 더욱 오지 않았다. 샤워할 때는 갑자기 숨이 쉬어지지 않아서 그대로 바닥에 주저앉았다. 어떻게 숨을 쉬어야 하는지 도통 생각나지 않았고 눈앞이 캄캄했다. 순식간에 눈앞이 새카매지거나 새하얘지는 통에 이대로 정신을 잃고 쓰러질 것 같아 더욱 무서웠다. 죽음에 대한 공포를 충분히 겪었음에도 언제든 또 다시 죽음이 찾아올 수 있다는 사실 만큼은 익숙해지지 않고 늘 새로운 두려움으로 다가왔다.

숨 쉬는 것, 본능에 대한 제어와 생각, 감정… 어느 것 하나 뜻대로 할 수 없는 나약한 인간이라는 사실에 무력감이 밀려왔다. 하지만 모든 생각과 감정이 내 의지대로 만들어진 것은 아니라는 것, 그리고 많은 생각과 감정에서 원하는 것을 스스로 선택할 수 있다는 사실이 진실이었다. 불필요한 무력감은 지나가도록 놓아두고 다시 생명을 얻고 싶어 하는 희망에 힘을 실었다.

'절대 이런 식으로 죽지 않아.'

마음대로 숨을 쉴 수 없었고 숨이 가빠서 몹시 두려울 때도 있었지만 일단 마음을 진정시키며 조금만 더 지켜보기로 했다. 삶과 죽음의 경계에서 한번 딛고 일어섰으니 이번에도 딛고 일어설 수 있다고 믿었다.

설상가상으로 왼쪽 귀에서는 이상한 소리가 들렸다. 딸각거리며 웅웅대는 울림과 마치 확성기를 통해 들려오는 사이렌 같은 소리가 나면서 순간적으로 얼어붙게 되는 횟수가 늘어났다. 이명이었다. 아무도 못 듣고 나만 들을 수 있는 소리와 느낌이었다. 차라리 뼈가 부러지거나 눈에 보이는 외상이 있어서 수술하고 봉합하여 치료할 수 있다면 얼마나 좋을까? 어찌나 답답하고 속 터지는 증상들만 늘어나는지 혼란스럽고 가슴은 터질 것만 같았다. 설마 이명도 금단증상일까? 새롭게 나타나는 증상들이 금단증상인지 아닌지만 알아도 홀가분할 것 같았다. 다른 건 몰라도 이명은 치료해야 할 것 같아서 알아보니 이명 치료에 사용하는 약물의 대부분이 신경안정제 종류였다. 끊느라 이렇게 애쓰고 고통받는데 알고서는 도저히 약을 복용할 수 없었다.

미련하다는 생각이 들었지만 이미 작년에 수없이 다녔던 병원과 여러 검사들도 큰 도움이 되지 않았고, 말도 안 되는 증상들의 대부분이 금단증상이라는 사실은 시간이 알려주고 있으니 이 역시 금단증상이라면 분명히 사라진다고 믿었다. 뾰족한 방법은 없었지만 신기하게도 걸으면 호흡하기가 수월했고 이명도 잠시나마 가라앉았다.

워낙 운동을 싫어해서 대학교에 입학하면 체육 수업이 없을 것이라는 생각에 합격 통지서가 더욱 반가웠다. 하지만 기대와 달리 1학년 수업에 체육이 있었고 오죽하면 성적표에 오점을 남기기 싫었음에도 재수강하지 않을 정도로 운동은 질색이었다. 그런 내가 걷고 있었다. 그동안 이렇게까지 절실하지 않았고 절실함에 대한 이유를 찾지 못했기 때문에 움직이지 않았고 운동하지 않았다. 걷지 않으면 안 되는 절박한 이유에 맞닥뜨리니 걸을 수밖에 없었다. 선택의 여지가 없다는 사실은 실행해야 하는 이유에 충분한 근거를 더해주었다. 선택의 여지가 없는 삶은 단순하지만 풍요롭고, 선택에 따른 결과를 인정하고 수용하기에도 수월했다.

30분을 걷고 오면 두어 시간은 끙끙 앓고, 집에 들어서자마자 시체처럼 쓰러져서 속상했지만 크게 욕심내지 말고 우선 한 달만 걷기로 했다. 큰 목표가 아니라 한 달이었다. 이제 막 걷기 시작하는데 3개월, 6개월을 목표로 삼으면 엄두가 나지 않을 것 같아 최대한 포기하지 않을 만큼의 목표 기한을 잡은 것이 한 달이었다. 세운 목표는 한 달이었지만 오늘 하루 걷는 것에 충실했다. 걷고 있는 이 순간에 집중했고 내일을 끌어당기지 않았다. 걷고 온 후에 내일이나 모레쯤 다시 걷자고 생각하며 누운 다음, 걷고 온 나를 칭찬했다.

'나니까 이렇게 걸었어. 정말 잘했어. 그동안은 걷지 않았지만 걷기 시작했으니 금단증상도 사라지고 예전보다 분명히 더 건강해질 거야.'

단순히 금단증상을 이겨내는 것을 넘어서 건강해지고 싶었다. 평생 허약한 체력으로 살았지만 이번 기회로 아예 몸을 새롭게 만들기로 결심했다. 죽음을 이겨냈는데 뭔들 못할까? 무엇이 두려울까? 이 과정을 딛고 일어서면 삶이 변화한다는 확신이 들었다. 이토록 인생을 걸고 싸우고 있으니 분명히 남은 인생은 이로 인해 빛날 것이라고 믿었다. 내 선택에 대해 책임지고 있으니 더 이상 나쁜 결과는 나올 수 없었다. 무엇 하나 제대로 할 수 없는 삶이지만 계속 이렇게 살 것이 아니라면 할 수 있게 만들어야 했다. 목적과 목표 없이 표류하고 싶지 않았다.

걷기와 더불어 미미하지만 지금 당장 할 수 있는 것부터 오늘의 목표를 세웠다. 음식쓰레기 버리기, 창문 열어 환기하기, 샤워 후 벗어 놓은 옷 바로 세탁실에 갖다 놓기, 세탁기 돌리기, 빨래 널고 개기 등 매일 하는 것이지만 일상이 힘드니 하루에 한두 가지만 목표로 삼았고 작성한 목록을 벽에 붙여놓았다. 걷기, 토끼 갖다 줄 당근 썰기, 베개 커버 교체하기, 간단한 스트레칭 하기, 자외선 차단제 바르기, 밥 한 숟가락 더 먹기 등. 이런 소소한 것들을 목표로 삼고 실행하는 삶은 우습기도 했지만 삶에 집착하지 않고 집중하며 나를 온전히 바라보게 해주었다. 집착이 아닌 집중하는 삶, 나를 바라보는 삶이 가장 필요했지만 집착하고 있을 때는 깨닫지 못했다.

기본적인 설거지와 청소조차 힘들어서 하지 못하는 상태로 한참을 지냈기 때문에 내가 먹은 밥그릇만 설거지해도 뿌듯함이 밀려왔다. 저녁이 되면 오늘의 목표로 적은 것들을 지우면서 소리 내어 말했다.

"오늘 내가 먹은 그릇 설거지를 다 했네! 윤주야, 정말 잘하고 있어. 최고야!"

그 누가 아닌 나 자신과의 대화가 필요했다. 나를 북돋고 이해하며 격려해줄 사람은 외부에 있지 않았다. 오직 나만이 할 수 있었다. 같은 상황에 처해보지 않아서 사람들이 이해하지 못한다고 서운해할 필요 없이 오직 나만 있는 그대로의 나를 인정하고 받아들이면 되었다. 어떠한 모습일지라도 나는 내 편이 되어 지지하기로 했다. 죽음과 더 이상 떨어질 수 없을 만큼의 고통을 겪고 나서야 미워하지 않고 나를 수용할 수 있었다. 스스로 인정하고 받아들이기까지 오랜 시간이 걸렸지만 이런 극한의 상황에서 조금씩 성장하는 내가 대견하고 고마웠다. 살면서 스스로에게 이렇게 고마운 마음을 지닐 수 있다니 삶이 더욱 새롭게 보이기 시작했다.

걷기 위해 가는 야트막한 산에는 토끼들이 살고 있었다. 고개를 들 기운조차 없이 왼발을 질질 끌고 걷기 시작한 지 한 달이 지나자 공원에 있는 산 정상까지 오르게 되었고, 산에 있는 토끼들에게도 정이 들었다. 어려서 동물에게 몇 차례 물릴 뻔한 기억 때문에 동물에게 마음을 준 적이 없었고 두려움이 컸다. 그래서 강아지나 고양이를 좋아하며 키우고 싶어 하는 아이들의 마음을 선뜻 공감하기 어려웠다. 공원에서 토끼를 처음 본 순간 기뻐서 환호하는 아이들과 달리 난 무섭지도 않았지만 좋지도 않았다.

아이들이 산에서 뛰어 노는 토끼를 보며 웃고 즐거워하는 모습에 나도 웃고 싶었고, 아이들을 더 웃게 하고 싶어서 토끼 먹이를 챙기기 시작했다. 설거지도 거의 하지 못하는 상태였지만 아이들의 기대하는 눈빛과 마음에 호응하고 싶었다. 먹이로 챙겨 간 당근을 오물오물 씹어 먹는 토끼들을 보면서 마음이 편안하고 따뜻해졌다. 토끼를 통해 나의 행복, 아이들의 행복, 그로 인한 우리의 행복을 함께 누리며 난생처음으로 동물과 교감을 느끼며 토끼에게 말을 건네기도 했다. 고통스러운 와중에 토끼에게 줄 당근을 썰고 챙기는 나를 엄마는 이해하지 못했다. 고통을 참으면서까지 당근을 챙긴 것은 단순히 즐거움이나 순간의 재미 때문이 아니었다. 토끼에게 먹이를 주고, 먹는 모습을 보며 우리가 동일한 행복을 서로 나눌 수 있기 때문이었다. 걷는 것에 기쁨과 동기를 더욱 부여해주고, 나와 아이들의 마음이 열리도록 도와준 토끼가 고마워서 기쁘게 먹이를 챙길 수 있었다.

토끼는 몇 년 사이에 진화하거나 변화하지 않았다. 내가 변화했을 뿐이다. 지난날의 경험은 순간적이며 사실이 아니었지만 나만의 세상과 경험에 갇혀서 내 생각만이 진실인 양 세상을 판단하고 왜곡했다. 토끼는 예전과 그대로였지만 토끼를 바라보는 내 시선과 생각이 변화하여 존재를 존재 자체로 굴절 없이 바라볼 수 있게 되었다.

．
．

나만 해체할 수 있는
감정의 시한폭탄

걷기로 목표 삼은 한 달을 채웠다. 마음에 드리워져 있던 두려움과 불안이 사라지면서 앞으로 한 달만 더 걷자는 결심이 자연스레 들었다. 매일 작은 목표들을 성취하는 일상에 자신감이 덧입혀지면서 끝까지 외면하고 싶던 감정을 들여다볼 용기가 생겼다.

잠자는 숲속의 공주처럼 갑자기 마녀의 마술에 걸려 생긴 불면증이 아니었다. 어떤 이유로 야기된 것인지 명확히 알고 있지만 불면증을 일으킨 감정은 지하 창고의 가장 어둡고 깊숙한 곳, 손이 닿지 않는 곳에 던져두고 봉인해버렸다. 더 이상 들여다보지 않고 건드리지 않으면, 존재 자체를 아예 인식하지 않으면 스스로 소멸할 것이라고 생각했다. 하지만 봉인해둔 감정은 소멸이 아닌 공멸의 임무가 주어진 시한폭탄이었다. 언제든지 카운트다운에 들어가 나를 파괴하고 집어삼키려고 대기 중인 시한폭탄을 더 이상 방치해둘 수 없었다.

묵혀둔 감정을 창고에서 꺼내어 봉인 해제를 해야 할 시점이었다. 금단증상이 좋아진다고 불면증이 사라질까? 금단증상은 불면증과는 엄연히 다른 문제였다. 수면제를 모두 끊어도 불면증이 남아 있을 확률은 사라질 확률보다 당연히 높았다. 딱히 불면증을 치료할 뾰족한 방법이 없는 상황에서 지금 당장 획기적인 도움이 되지는 않지만 불면증을 일으킨 감정을 정리하면 궁극적으로 좋아질 수 있다는 사실은 굳이 알려주지 않아도 알 수 있었다.

더 이상 두려워하지 말고, 봉인을 해제하고 더 나아가 해체하기로 했다. 장 안에 쌓여 있는 묵은 짐들을 정리하려면 밖으로 끄집어내는 것이 우선이듯, 봉인한 감정도 밖으로 꺼내어 눈으로 직접 보면 수월할 것 같아 글로 쓰기로 했다.

묵은 감정을 떠올리며 자판을 누르려고 했지만 한 글자도 누를 수 없었다. 오랜 시간 외면하던 감정을 떠올리고 글로 나열하는 일은 생각처럼 간단하지 않았다. 폭탄 전문가들을 대거 투입해 속전속결로 끄집어내고 해제와 해체를 할 수 있다면 좋겠지만 이 작업에는 그 어떤 능숙한 전문가보다 내가 필요했다. 그 누구도 대신해줄 수 없는 일이라 오랜 기간 묻어두지 않았던가? 우선 차근차근 지금 느끼는 감정부터 하나씩 들여다보면 언젠가는 시한폭탄을 해체할 날이 올 것이라 믿으며 낮에 있던 일부터 돌이켜 보았다.

아이들과 다투고 몹시 화가 났다. 점심 식사를 한 후 당근을 가지고 공원에 가서 토끼에게 먹이를 주면 좋아할 아이들이 떠올랐다. 흐뭇한 마음에 당근을 들고 친정에 갔지만 문을 열자마자 여기저기 널브러진 옷가지와 방바닥은 쑥대밭이었고, 아이들은 치고받고 소리 지르며 싸우고 있었다. 서로 자기편을 들어달라고 울면서 불만을 토로하는 데 화가 치밀었다. 하루 이틀 싸우는 아이들이 아님에도 어찌나 화가 나던지 기분이 나빠서 공원에 가지 않고 집에 일찍 들어왔다. 아이들이 다툰 이유는 어른 입장에서 보면 대부분 시답지 않은 이유지만 왜 오늘따라 유독 기분이 더 나빴는지 자판을 누르며 천천히 생각해보았다.

당연히 아이들이 원인이었다. 둘이 심하게 다투다 아무렇지 않던 나까지 화나게 만들지 않았나? 화내고 싶지 않았고 기분 좋게 당근까지 썰어서 갖고 갔는데 아이들이 내 계획을 망쳐버렸다. 매일 싸우는 아이들인데 뭐가 새삼스러울까? 정말 아이들이 문제였을까? 나름 합당해 보이는 화살을 아이들에게 돌렸지만 다른 날과 달리 왜 유독 화가 났는지 다시 곰곰이 생각해보니 아이들 때문이 아니었다.

가장 큰 계획이자 목표였던 토끼에게 먹이를 못 주고 걷지 못한 것, 그리고 아이들이 기뻐하고 우리가 즐거운 시간을 보낼 것이라는 기대가 충족되지 않은 것, 결국 내 뜻대로 되지 않은 하루에 대한 서운함이었다. 누구에게도 말하지 않은 나의 계획과 목표, 이루어지지 않은 기대에 대한 서운함을 화로 표현했다. 서운함 때문이었는데 진짜 감정은 숨기고 원치 않았지만 뭔가 익숙하게 자리 잡은 다른 감정으로 표출한 것은 나였다. 미리 계획을 이야기하지 않은 채 아이들을 기쁘게 하고 싶었다. 그랬기에 아무도 내가 토끼에게 줄 당근을 가지고 함께 공원에 가려던 계획을 알지 못했으니 어찌 보면 당연한 결과였다. 아이들의 사소한 다툼은 늘 있었다. 혼자만의 계획이었고 목표를 세운 사람도 나였다. 막연히 기대한 것 역시 나였고, 아이들의 다툼을 핑계로 기분이 나쁘다며 걷지 않고 돌아와 내내 화내며 속상해한 것도 결국 나였다. 그런데 왜 나는 아이들을 탓하며 화내고 속상해했을까?

순전히 내 선택이었다. 아무도 내게 화내거나 속상해하거나 기분 나쁜 하루를 보내라고 강요하지 않았다. 스스로 아이들의 다툼에 영향을 받기로 선택했고, 충분히 걸을 수 있었지만 기분이 나쁘다는 이유로 걷지 않았고, 그에 따라 아픈 손으로 힘들게 썬 당근을 버리는 속상함까지 더해진 오후 역시 내 선택이었다. 어떤 외부적인 상황 때문이 아니라 백 퍼센트 나의 선택으로 화가 난 하루를 보냈다.

삶의 모든 것이 소름끼칠 만큼 미세하게 내 선택으로 이루어져 있었다. 눈으로 볼 수 있는 물질만 선택하는 것이 아니었다. 수면제뿐만이 아니라 미처 깨닫지 못한 일상의 소소한 감정과 생각, 행동 모두가 전적으로 내 선택이었다. 뜻대로 되는 것이 하나도 없다며 절망했지만 무서울 만큼 철저히 뜻대로 선택한 결과에 따라 이루어진 것이 현재의 내 모습이자 지금까지의 삶이었다.

'왜 몰랐을까?'

감정과 생각은 선택의 여지가 없다고 생각했다. 내면에 떠도는 불안, 우울, 무기력, 분노, 화 등 부정적인 감정과 생각은 원하지 않았지만 시시각각 찾아와 나를 괴롭혔고, 물리치고 싶었지만 물리칠 수 없었다.

오직 내가 처한 상황 때문이라고 원망했다. 상황 자체는 선택할 수 없지만 상황에 따른 생각과 감정, 행동은 철저히 내가 선택했음에도 선택에 따른 결과가 마음에 들지 않으면 나만 뜻대로 되는 것이 없다며 상황을 탓했다. 핑계와 합리화는 선택에 따른 경험에 힘을 실어주었고, 힘을 받은 경험은 다시 핑계와 합리화에 더 큰 원동력이 되어 다람쥐처럼 쳇바퀴를 돌렸다.

'더 이상 쳇바퀴는 돌리지 않아.'

전혀 원하지 않았지만 한편으로는 무엇을 선택해야 하는지 몰랐기 때문에 최선인 줄 알고 선택한 경험들이 쌓여 지금의 나와 우리의 모습으로 존재했다. 나는 화를 택하고, 아이들은 싸움과 분노를 택했다. 우리는 자신에게 모든 선택권이 있음을 깨닫지 못했고, 어떤 것이 더 좋은 선택인지 알지 못한 채 익숙한 것을 따랐다. 익숙함에는 편안함과 안정이라는 이름 외에 파괴라는 더 크고 무서운 이름이 있다는 것을 진작 알았다면 얼마나 좋았을까? 익숙함은 말 그대로 익숙한 것이지 유익한 것은 아니었다.

익숙함을 던져버리고 쳇바퀴에서 벗어나기 위해 무엇을 해야 할까? 원하지 않지만 친근한 익숙함으로 돌아가지 않기 위해 매일 일상을 조금씩 바꾸는 것 외에 뾰족한 방법이 생각나지 않았다. 또 다른 새로운 익숙함을 만들어서 기존의 익숙함이 더 이상 익숙함이 아닌 낯선 것이 되게 하는 방법 외에는.

오늘의 깨달음은 감정 정리를 위한 '감정 일기'를 작성하는 것에서 시작했다. 새로운 생각, 새로운 행동, 새로운 경험과 그에 따른 깨달음은 지극히 일상적인 삶에서 주어졌다. 매일, 조금씩, 하나씩 변화시키고 변화의 과정이 더 이상 변화가 아닌 익숙함이 될 때까지 쌓아가는 과정은 내가 할 수 있는 최선의 선택이자 최고의 방법이었다.

이면지를 꺼내어 결심을 적었다. 그리고 잘 보이도록 냉장고 옆면
에 붙여놓았다.

<매일 '감정 일기' 작성하기>

일단 아무 생각하지 말고 감정부터 쏟아낸다. 욕해도 된다.

무조건 1분이라도, 단 한 줄이라도 매일 작성한다.

:

살고 싶다면
몇 숟가락이라도
먹어야 해

  걷기 시작하기 전보다 에너지를 상
당히 많이 사용하고 있음에도 식사를 제대로 하지 못하니 기력은 좋
아지지 않았다. 어떤 날은 속이 너무 비어서 눈앞에 별이 반짝이고
어지러워서 걷다가 털썩 주저앉기도 했다. 억지로라도 먹어야 한다
는 것은 알지만 먹지 않았다. 정확히는 먹히지 않았다. 속이 울렁거
리니 먹을 수 없는 것이 당연하다고 생각했다.

  '먹히지 않는다고 계속 안 먹을 거야? 그래서 굶어 죽거나 다른 병
이 생기면 좋겠어?'

  금단증상이 시작된 이후 삼시 세끼를 먹은 적이 없었다. 불편한
속 때문에 두 끼 정도만 간신히 먹었고 조금 호전되는 것처럼 보이

다 다시 호흡이 가빠지면서 두 끼를 먹는 것도 힘에 부쳐 굶다시피 한 날들이 대부분이었다. 상당량의 수면제를 줄였지만 식사를 제대로 하지 못한 채 거의 빈속에 심장약과 편두통 약들을 복용해서인지 겨울에는 위궤양까지 생겼고 몸은 나날이 쇠약해졌다.

위궤양이 호전되고 더 이상 위궤양 약을 복용하지 않게 되었지만 체중을 재보지 않아도 수면제를 끊기 시작하며 심각하게 체중이 줄어든 사실은 알 수 있었다. 숨을 편히 쉴 수 없어서 음식을 삼키기 두려울 때도 많았고 잘 챙겨 먹을 여력도 없었지만 생존을 위해서는 먹어야 했다. 먹기 위해 사는 건지, 살기 위해 먹는 건지 헷갈린다며 웃던 시절을 그리워할 기력도 남아 있지 않았다.

언제 올지 알 수 없는 구조선을 기다릴지 키를 돌려 항로를 바꿀 것인지에 대한 선택권은 선장인 내게 있었다. 배가 침몰하거나 조난선이 되도록 놓아둘 수 없었다. 종착지에 도착하는 방법이 단 한 가지만 있는 것은 아니니 항로는 얼마든지 변경할 수 있었다. 서둘러 키를 돌리고 닻을 올렸다.

'속이 불편하고 울렁거려서 입맛이 없는 것은 사실이고 이러한 사실은 바꿀 수 없어. 하지만 그럼에도 살고 싶다면 일단 몇 숟가락이라도 먹자.'

체중 감량에 성공한 사람들이 식단을 짜고 식단일지를 작성하는 것처럼 그와 목적이 상반된다 해도 식사한 내용을 글로 작성하면 도움이 될 거라고 생각했다.

'무엇을, 얼마나, 어떻게' 먹는지도 중요했지만 그것은 생존 이후의 문제였다. 당장 젓가락을 제대로 쥐거나 반찬을 만들 수 없으니 일단 먹는 행위 자체에 대한 중요성과 세 끼를 먹고 있다는 사실을 시각화해서 뇌에 인식시키는 것이 우선이었다. 식단일지의 구체적인 형식이나 내용은 중요하지 않았다. 바로 눈앞에 보이는 아이들의 알림장 노트를 꺼내어 식단일지를 작성했다. 제아무리 키를 돌리고 닻을 올려도 노를 젓지 않으면 배는 금세 표류할 수밖에 없다. 노 젓기가 쉽지는 않지만 원하는 종착지에 무사히 도착해서 하선하는 것이 목표이니 속력에 개의치 않고 꾸준히 노를 젓기로 했다.

입 안과 입술이 늘어진 엿가락처럼 찐득거렸지만 단맛은 느낄 수 없이 씁쓸했다. 찐득거리다 못해 사막처럼 갈라져 터진 입술 표면 사이로 피딱지가 들러붙어 있었다. 혓바닥이 타들어가는 것 같아 물을 조금 마셨다. 단약을 시작하고 나서는 소화불량과 메스꺼움으로 따뜻한 물을 마시지 않고 자연스레 차가운 물만 한 두 모금 마셨다. 차가워야 울렁거리는 속이 잠시나마 가라앉는 것 같았다.

식사하기가 힘드니 물도 거의 마시지 않았다. 여느 때와 다름없이 입 안을 축일 정도로 마신 차가운 물이 기도를 타고 내려가는 순간 전신에 소름이 돋았다. 마치 시멘트를 들이부은 듯 위가 딱딱하게 수축함과 동시에 온몸이 긴장하며 뻣뻣하게 굳어버렸다. 시도 때도 없이 쥐가 나고 근육경련으로 고생해서 더 이상 굳을 곳이 없을 것 같은데 위까지 굳어버리다니…. 황망했지만 긴장으로 반응한 몸과 달리 막상 마음은 그리 긴장되지 않았다.

수면제를 끊으면서 입이 마르는 현상이 극심해졌다. 수면제를 복용하는 동안에도 간간이 비정상적으로 목이 마를 때가 있었지만 이렇게 타들어갈 정도는 아니었다. 증상은 좋아지지 않고 점점 더 심해졌다. 예상대로 금단증상으로 많이 나타나는 구갈 현상이었지만 속이 울렁거려서 느껴지는 갈증만큼 충분히 물을 마실 수 없었다. 걷는 동안 심해지는 갈증과 탈수 현상 때문에 쓰러질 것 같아서 불안했지만, 오히려 걷는 동안에는 비정상적인 갈증은 느껴지지 않았다.

'어떻게 하면 탈수 증상과 구갈을 조금이나마 해소할 수 있을까?'

물을 마시면 속이 더 울렁거리고 불편한 것은 사실이지만 더 이상 사실에 핑계를 더하지 않기로 했다.

'울렁거려도 일단 마시자.'

물을 마시거나 식사하고 나서 진짜 토하게 될지 아니면 괜찮을지 그건 그다음 문제인데, 물을 마시거나 식사할 의지조차 발휘하지 않으며 사실에 핑계를 더하고 있었다.

영양실조 외에 탈수 증상이 심하다는 것은 병원에 가지 않아도 알 수 있었다. 정신과 원장님이 탈수되지 않도록 물을 많이 마시라고 몇 차례 말씀하셨지만 겉으로만 그러겠다고 대답하곤 속으로는 이런 울렁거림에 어떻게 물을 많이 마시냐며 깨끗이 무시했다. 무시한 결과로 얻은 것은 심각한 탈수였지만 더 이상 미룰 수 없는 한계에 도달한 것이 나쁘지만은 않았다. 한계에 도달했기 때문에 새로운 시작에 필요한 최소한의 용기를 낼 수 있었다. 한계에 도달하는 경험은 단약을 넘어서 삶에 필요한 부분이었다.

매일 손실되는 수분으로 인한 수분 보충이 필요하다는 것과 신체에 미치는 물의 중요성에 대해 익히 알고 있지만 건강한 삶을 위해 필요하다는 물의 권장량을 마셔본 적은 없었다. 차가운 물에 예민하게 반응하는 몸을 보면서 더 이상 찬물을 마시는 것은 도움이 되지 않을 것 같았다. 그동안 실행하지 않던 지식을 끄집어내고 찾아보며 하루 권장량인 1.5~2리터의 온수를 마신다는 목표를 세웠다. 가장 먼저 현재 얼마나 물을 마시고 있는지부터 점검했다. 섭취량을 잰다고 생각해서 며칠간 조금 더 신경 써서 물을 마셨음에도 많아야 500밀리리터를 넘긴 정도였고, 그 정도도 마시지 않은 날이 태반이었다.

나는 수면제를 끊었습니다

물에 빠진 사람처럼 지푸라기라도 잡고 싶었다. 하지만 어떤 것이 동아줄이 될지 모르니 지푸라기는 많을수록 좋았다. 공복에 마시는 물이 좋다고 해서 온수를 머그컵에 한가득 마셨더니 꼴딱꼴딱거리며 호흡하기가 힘들었고, 연달아 기침에 콧물까지 나와 순간적으로 와락 겁이 났다. 당장 목표치인 1.5리터의 물을 마시는 것은 불가능했다.

욕심을 내려놓고 한 발자국 내딛는 것에서부터 걷기 시작한 것처럼 마시는 물의 양도 천천히 늘리기로 했다. '공복에 온수 반 컵 마시기'라는 목표를 세우고 다시 시작했다. 며칠 뒤 한 모금 더, 다시 두 모금 더 하다가 100밀리리터씩 섭취량을 늘렸다. 매일 기록하는 식단일지에 온수 섭취량을 함께 적었다. 그동안 마시지 않던 온수를 마시니 늘어난 물의 양 때문에 식사량이 조금 줄었다. 화장실을 자주 들락거려서 불편하고 신경 쓰였지만 새로움에 몸이 적응할 때까지의 과정이니 여유롭게 기다리기로 했다. 과정 없는 정답을 쫓아 전력 질주한 결과가 어떠한지 처절하게 겪고 있으니 원하는 속도와 시간이 아니더라도 느릿느릿한 삶의 과정을 착실히 밟기로 했다.

걷고, 온수를 마시고, 식단일지와 감정 일기를 작성하면서 오락가락했지만 금단증상들은 조금씩 좋아졌다. 환인클로나제팜을 단약한 후 극도의 우울증과 불안에 몸과 마음이 더욱 망가지면서 살기 위해 버둥거리며 잡은 지푸라기들은 하나하나 모두 나의 구명정이 되어주었다. 걷기 시작하고 한 달 반 정도가 되니 이만큼 걸었다는 사실에 성취감이 쌓였고 숨어 있던 잠재력이 제대로 발휘한다는 확신이 들었다.

햇빛과 바람, 자연, 걸을 수 있는 발, 움직일 수 있는 손⋯ 전에는 결코 느낄 수 없던 내게 주어진 것들을 느낄 수 있었다. 일상은 가장 큰 축복이었다. 다만 내가 그동안 깨닫지 못하고 지냈을 뿐이다. 이런 감사함을 깨닫고 당연하다고 여긴 것들이 하나도 당연하지 않다는 것을 배우라고 이런 고난의 시기를 주셨다는 생각이 들었다. 매 순간 바른 선택을 위해 기도했고 일상을 진심으로 감사하게 되었다. 땀 흘리고 난 후의 기쁨과 얕은 동산이지만 정상에 올랐을 때의 성취감은 이루 말할 수 없었다. 도저히 아무것도 할 수 없을 것 같은 상황 속에서도 분명히 할 수 있는 것들은 있었다. 단지 하지 않고, 찾지 않았을 뿐이었다.

기적이라고 여길 수 없는 삶이었지만 기적 속에 거하며 날마다 기적을 체험했다. 기적은 갑자기 하늘에서 돈벼락이 떨어지거나 마법처럼 금단증상이 순식간에 사라지는 것이 아니었다. 눈에 나타난 형상만을 기적이라고 생각한 내가 부끄러웠다. 하지만 부끄러움을 통해 이러한 사실을 깨달을 수 있음에 다시 감사했다. 의심 없이 불안해하지 않으며 믿음으로 매일 꾸준히 나아갈 수 있는 삶, 인생을 다른 시각으로 바라볼 수 있는 내면의 변화로 인해 전진하는 일상이 차곡차곡 쌓여가는 것이 바로 기적이었다. 매일 기적을 쌓고 목격하는 삶을 일상으로 누리면서 감사는 부록처럼 따라왔다. 나같이 이기적인 사람이 힘든 시간들을 온전한 축복으로 받아들이게 되다니 이것이 기적이 아니라면 무엇이 기적일까?

더위를 식혀주는 바람이 어찌나 고마운지 나도 모르게 바람에게 고맙다는 인사가 나왔다. 걷기에 수월한 환경에 살수 있어서 감사했고, 모든 것을 눈에 담고 호흡하며 느낄 수 있음에 눈물이 나오고 목이 메었다.

"우리 동네 너무 좋다."

벅찬 감동과 감사를 옆에 있는 아이에게도 전하고 싶었지만 이 말 외에는 더 이상 말을 이을 수 없었다. 동네만 걸어도, 잡초만 보아도, 하늘만 보아도 이렇게 울컥한데 그동안 난 무엇을 위해 살았는지 맹목적인 노력만으로 살아온 지난날들을 회개했다. 더불어 앞으로는 다른 사람들을 도와주고 나와 아이들도 행복한 일을 하며 살게 해달라고 기도했다. 희생만 하는 삶이 아니라 내가 할 수 있는 것으로 누군가를 돕고 그로 인해 우리가 행복할 수 있는 일이 분명히 있다고 믿었다.

　고통에만 매몰되어 있던 내가 앞날을 생각하며 희망을 품다니 이
것이 바로 기적이었다.

Chapter 5

규칙적인 삶이 주는 힘

:
끊을 수 있다는
증거가 될 거야

걷기 시작한 지 한 달이 지났을 때 편두통 약을 모두 끊었다. 편두통이 금단증상의 하나라는 확신이 들었고 약으로 해결되지 않으니 더 이상 복용할 이유가 없었다. 편두통 약을 끊었지만 편두통은 악화되지 않았다. 설마 했던 편두통 역시 금단증상이었다.

환인클로나제팜을 끊고 난 후 맞이한 혹독한 단약의 2차 고비 때문에 더 이상 약을 줄일 수 없었다. 마음 같아서는 약을 더 줄이고 싶었지만 여기서 악화되면 견딜 수 없을 것 같았다. 대신 약을 끊는다는 목표가 분명하니 속도가 아닌 방향에 집중하기로 했다.

걷기 시작한 지 한 달 반 정도 되고 환인클로나제팜을 끊은 지 대략 3개월 정도 지났을 때 드디어 남아 있는 약 중에서 큐로켈을 절반으로 줄여 복용했다. 몸 상태가 조금씩 호전되는데 혹여 큐로켈을 끊고서 다시 상태가 악화될까봐 두려웠다. 하지만 이틀 정도 잠을 더 설치고 거짓말처럼 왼쪽 엄지손톱 아래의 피부가 멍하니 감각이 없는 것 외에는 큰 이상은 없었다. 약을 끊고 나서 워낙 여기저기의 감각이 멍하거나 시리고, 쓸린 것처럼 아프고 이상했기 때문에 이 정도는 문제도 아니었다.

단약하고 나서 왼발은 통증과 함께 피부의 감각이 멍하니 둔하면서도, 뼛속까지 시린 느낌이라 6월임에도 수면 양말을 신어야 했다. 팔뚝의 일부분이 떨어져 나갈 듯 시려서 전에는 아무렇지 않게 입던 반팔 옷을 입을 수 없었다. 하지만 큐로켈을 절반으로 줄이고 별다른 이상이나 추가되는 불편은 없었다. 8개의 약으로 시작해 1년 가까이 사투를 벌인 결과 스리반 2밀리그램과 큐로켈 반 알만 남았다.

꽤 많이 걷고 집 근처에 도착하니 만 보를 채울 수 있을 것 같았다. 천천히 놀이터를 세 바퀴 돌았더니 만 보가 되었다. 처음으로 만 보를 걸었다. 아이들은 소리 지르며 환호했고, 나는 만 보를 걸었다는 믿기지 않는 사실에 감격했다. 마음먹고 만 보를 걸어본 적은 태어나서 처음인 것 같았다. 남들만 하는 줄 알았는데 나도 할 수 있었다. 이미 누군가 했다는 것은 나도 할 수 있다는 증거였다.

'내가 약을 끊으면 다른 사람도 끊을 수 있다는 증거야.

나는 증거가 될 거야.'

예전에 어떻게 슬리퍼와 샌들을 신고 다녔는지 믿기지 않을 정도로 약을 끊으면서부터 발이 시리고 아파서 맨발을 내놓을 수 없었다. 집에서는 수면 양말을 신었고, 밖에 나갈 때는 겨울 양말을 신었다. 그런데 샤워하고 나오자마자 허겁지겁 신던 양말을 신지 않고 있어도 불편을 느끼지 않았고, 이튿날부터 여름 양말을 신을 수 있었다. 곧 집에서는 다시 수면 양말을 신었지만 여전히 외출 시에 여름 양말을 신을 수 있었다.

여름에는 샌들 신고, 겨울에는 부츠 신고, 아침에는 아침 식사를 하고, 배가 고프면 밥을 먹고, 옷이 더러워지면 빨래를 하고, 빨래가 마르면 개고… 일상에서 하던 당연한 것은 실은 전혀 당연한 것들이 아니었다. 손을 전혀 사용할 수 없었는데 어느덧 빨래를 널고 갤 수 있었다. 내 손으로 빨래를 널 수 있어서 감사했고, 베란다에서 둥근 달을 바라볼 수 있는 눈이 있어서 감사했고, 달이 밝고 예쁘다는 마음을 지닐 수 있어서 기쁘고 감사했다.

불과 1년 전에는 나도 모르게 죽을까봐 꼭꼭 잠가놓고 나와 보지 못하던 베란다였는데 이제는 그곳에서 달의 아름다움을 만끽할 수 있는 여유와 편안한 마음을 지니게 되었다. 못 움직일 것 같던 손으로 젓가락질과 설거지를 하고 세수할 수 있어서 감사했다. 일상 속에서 감사를 느낄 수 있는, 무엇과도 비교할 수 없는 선물을 매일 받으니 더 이상 두려운 것이나 부러운 것이 없었다.

　내 몸과 뇌가 약에 의해 조종받는다는 사실이 점점 더 꺼림직하고 불편했다. 수면제를 끊기 시작하고 오래지 않아 자궁의 이상으로 호르몬제를 복용했다. 자궁의 기능과 이상들이 정상화되는 것 같았지만 호르몬제 복용으로 나타난 현상일뿐이었다. 호르몬제는 치료제가 아니기 때문에 호르몬제를 중단하면 언제든지 원상태로 돌아가게 되어 있었다. 평생 호르몬제를 복용할 생각이 없다면 언젠가는 끊어야 했다. 호르몬제가 수면제나 항우울제처럼 금단증상이 있지는 않지만 약에 의해 통제되는 삶을 겪으니 치료제가 아닌 이상은 복용하고 싶지 않았다.

　산부인과 정기 검진을 앞두고 호르몬제를 더 이상 먹지 않았다. 약을 끊으면 곧 원래대로 돌아간다며 산부인과 원장님은 의아해하셨다. 하지만 수면제 장기 복용과 연관이 있을지도 모르는 많은 이상 증상들에 시간을 주고 기다리기로 했다.

　집으로 돌아오는 길에 아무리 호출을 해도 택시가 잡히지 않았다.

환인클로나제팜을 단약하고 자동차를 타면 멀미와 어지러움이 극도로 심해져서 대중교통을 이용하는 것이 불가능했기 때문에 산부인과에 올 때도 큰 용기를 내서 택시를 탔다. 택시를 타고 오면서 생각보다는 괜찮아서 안도했는데 집에 돌아갈 방법이 없으니 어쩔 수 없이 버스를 타야 했다. 다른 방법이 없다고 해도 버스정류장에서 버스를 기다리고 탈 마음을 먹은 내가 낯설었다.

버스에 오르니 창밖으로 보이는, 잊고 있었지만 낯익은 풍경들과 버스 안의 승객들이 새롭게 다가왔다. 이렇게 버스를 타고 이동한다니 너무 신기하고 감사했다. 몹시 심한 멀미와 어지러움으로 다시는 차를 타지 못할 것 같았는데 버스를 탈 수 있게 되었다. 버스 안의 승객들처럼 나도 한 사람의 승객으로 버스를 타고 있음에 감격해 나도 모르게 흐르는 눈물을 닦고 또 닦았다.

'거리가 이렇게 아름답구나!'

생전 처음 창밖의 풍경을 본 사람처럼 뚫어지도록 바라보며 담을 수 있는 모든 것을 몸과 마음에 깊숙이 담았다.

1년간 줄인
6개의 수면제

　　　　　　　남아 있는 수면제를 제외하고 어떠한 종류의 약도 복용하지 않게 되었다. 산부인과 호르몬제 외에 수면제를 끊기 시작하고 추가된 심장내과, 내과, 신경과에서 처방받은 약들을 복용하느라 아침저녁으로 약이 손바닥에 한가득이었다. 약만 먹어도 배부르다 했는데 그 많은 약을 다 끊고 정신과 약만 남아 있었다. 상상하지 못할 힘든 과정을 겪으면서 별로 좋아진 것 없이 시간만 흐른다는 생각이 들 때도 많았는데 지난 시간들을 찬찬히 정리하니 성과가 눈에 보였다.

⟨2019년 졸민과 스틸녹스를 단약하기 전까지 복용한 약⟩

졸민 0.25밀리그램, 스틸녹스 10밀리그램, 레메론 15밀리그램, 루나팜, 명인브로나제팜, 쎄로켈 100밀리그램, 렉사프로, 알비스.

⟨2019년 8월 22일⟩

루나팜 1밀리그램, 큐로켈 100밀리그램, 환인클로나제팜 0.5밀리그램, 졸피람 10밀리그램, 스리반 1밀리그램, 스리반 0.5밀리그램, 아코틴 25밀리그램(약은 받았지만 졸피람, 아코틴, 스리반 1밀리그램은 복용하지 않았고 나머지도 대부분 절반만 복용).

⟨2020년 6월 7일⟩

큐로켈 12.5밀리그램(절반만 복용), 스리반 1밀리그램 두 개.

하루살이처럼 하루를 소망하고, 하루를 지키고, 하루에 충실했더니 하루살이의 삶으로는 꿈꿀 수 없는 또 다른 세상이 열리기 시작했다.

약을 끊기 시작한 지 1년 정도 지나니 잘 때, 걸을 때, 누워 있을 때도 어디에 어떻게 두어야 할지 알지 못한 채 경련과 근육통에 고통받던 손으로 설거지와 젓가락질을 할 수 있었다. 간간히 욕실 청소도 시도할 수 있었다. 예전에 욕실 청소를 할 때면 힘들어서 짜증이 나기도 했는데 지금은 힘을 주고 구석구석 닦을 수는 없지만 타일 바닥에 수세미를 문지르며 들리는 소리마저 노랫소리처럼 경쾌했다. 지퍼를 여닫는 것이 힘들어 청바지나 단추 달린 옷을 입지 못했는데 세밀한 손놀림은 힘들어도 단추 달린 옷에 도전할 수 있었다. 울부짖으며 벽에 머리를 박을 만큼 고통스럽던 두통도 서서히 사라지면서 이마를 찌푸리고 조금이나마 책을 볼 수 있었다.

걷기 시작한 지 두 달이 되니 공원 정상까지 숨이 차지 않은 채로 아이들과 이야기하며 올라갈 수 있었다. 여전히 아프고 곳곳의 감각은 이상하지만 앞으로 걷지 못한다는 두려움 없이 만보를 걸을 수 있었다. 한 숟가락이라도 더 먹기 위해 식단일지를 작성하며 기울인 노력이 헛되지 않게 울렁거림이 조금씩 가라앉으며 식욕을 느낄 수 있는 순간이 생겼고 자연스럽게 식사량이 늘었다. 과호흡과 이명 역시 천천히 호전되었고, 몰입해서 걸으면 놀라울 정도로 이명과 호흡이 안정되었다. 따라서 증상이 심해지면 아무 생각 하지 않고 무조건 나가서 걸었다.

1년 동안 거의 잠을 자지 않고 비몽사몽이 무엇인지를 몸소 체험하는 극한의 고통을 겪었다. 하지만 시간이 흐르며 점차 남아 있는 약에 의한 인위적인 잠이 아니라 내 의식과 신체에 의한 자연스러운 잠으로 대체되었다. 진짜로 잠을 잔다고 느껴본 것이 대체 얼마만인가! 단약 초반의 자살 충동 이후 가장 힘든 고비의 끝자락에 도달했다는 확신이 들었다. 그리고 앞으로 또 다른 고비가 올지라도 이겨낼 수 있다는 자신감이 생겼다.

큐로켈을 절반으로 줄여도 딱히 힘들지 않아서 보름이 지난 후에 큐로켈을 아예 복용하지 않았다. 남아 있는 약은 오직 스리반 1밀리그램 두 개였다. 고지가 얼마 남지 않았다고 생각하니 잠을 못 자거나 일을 하지 않는다고 아침에 늦게 일어나는 불규칙한 생활을 하면 수면은 물론 몸과 마음에 좋은 영향을 미칠 수 없을 것 같았다. 따라서 규칙적인 생활을 하기 위해 2020년 5월부터 아침에 일찍 일어나 침을 맞으러 다녔다. 지푸라기라도 잡고 싶은 마음으로 하나둘씩 행하던 것들이 지푸라기가 아니라 동아줄임을 알았으니 동아줄을 하나라도 더 늘리겠다는 심정이었다. 스스로 규칙적인 생활을 할 수 없으니 하지 않을 수 없도록 하는 환경을 만드는 것이 필요했다.

수면제 단약과 침은 딱히 연관성이 없는 것 같았지만 여러 가지로 고통스러운 금단증상에 뭐라도 도움이 되리라는 생각에 아침마다 몸을 일으켰다. 처음에는 밤을 새우고 아침에 일찍 나가야 해서 몹시 힘들었지만 조금씩 적응되었다. 사람이 하지 않는 것은 있어도 할 수 없는 것은 없었다.

햇빛이 밝을 때 일상에서 규칙적인 활동을 하는 것이 얼마나 도움되는지 몇 달을 지내면서 온몸으로 깨달았다. 평생 나는 야행성 인간이라고 생각했고, 늦게 일을 마치면 잠깐 주어지는 밤 시간이 아까워 시간을 보내다가 늦게 잠들어 하루를 늦게 시작하는 경우가 허다했다. 단약 후에는 고통의 금단증상과 더불어 밤을 지새우고 나면 피로하고 힘든 몸을 일으킬 수 없다는 생각에 누워서 반나절을 보내는 경우가 태반이었다.

불과 몇 달 전까지만 해도 반나절 이상을 누워만 있고 움직이지 못했는데 새롭게 올라오는 에너지를 느끼며 서점에도 갈 수 있었다. 싸우다시피 괴로운 밤을 보내고 나서 맞이하는 아침은 또 다른 고통과 짜증의 연장선이었다. 햇빛에 과민하게 반응하는 편두통 때문에 창의 절반 이상을 커튼으로 가려둔 채 지냈다. 그러나 이제는 아침에 일어나 커튼을 젖히는 순간 쏟아지는 햇빛에 평안과 활력을 느낄수 있었다.

낮에 햇빛 보고 30분씩 운동하는 규칙적인 삶. 효과를 딱히 믿고 시작했다기 보다는 갈급한 마음에 지푸라기를 잡는 심정으로 선택한 진실이었다. 진실을 믿거나 진실에 귀 기울이지 않아도 삶에 진실의 공간을 만들면 분명히 만날 수 있는 것이 진실이었다. 진실은 단순하고 명료했다.

:
인류애가
넘치지는 않지만

　　마음먹고 있었지만 구순구개열인 큰아이를 키우는 것은 예상보다 힘들었다. 첫아이에 대한 기대와 소망이 컸지만 어떻게 키워야 할지 몰라 당황스러운 와중에 더해진 특수성으로 사랑하는 아이를 양육하면서도 신체적, 정신적 부담은 늘어났다. 백일과 첫돌 시기의 수술, 구순구개열로 인한 합병증 치료와 수술, 언어 치료, 치과 교정 치료, 언제 끝날지 알 수 없는 수술들….

　　젖을 떼기 전까지는 특수 젖병과 컵, 티스푼으로 모유를 먹일 수 있었다. 아이가 특수 젖병을 거부해 주로 티스푼과 컵을 사용했는데, 모유가 잘못 넘어가면 다른 표현을 할 수 없는 아이는 온몸으로 거부하며 자지러지게 울었다. 그런 아이의 모습에 마음 아팠고 엄마로서 능숙하게 하지 못하니 미안하면서도 점점 지쳤다. 성장하면서 더욱 낮아지고 틀어지는 코의 변형을 조금이나마 예방할 목적으로 착용한 교정 장치는 종이테이프로 아이의 볼에 직접 붙이고 떼는 방법만 가능했다. 연약한 아이의 볼은 금세 헐었고 매번 자지러지던 아이는 과민해졌다.

동생이 태어나고 큰아이의 불안과 과민은 심해졌다. 4살부터 놀이 치료를 다녔고, ADHD 진단을 받은 후 감각통합 치료, 사회성 치료 등을 꾸준히 받았다. 일반적으로 생각하는 것처럼 구순구개열은 단순히 눈에 드러나는 구순열과 구개열 두 차례의 수술이 전부가 아니다. 그에 따르는 합병증과 수술(현재까지 아이는 아홉 번의 수술을 받았다), 자라면서 변화하는 코와 턱의 비대칭에 따른 수술, 치아의 부족이나 틀어짐으로 인한 교정 치료, 환자 스스로 감내해야 하는 외모와 발음(감사하게도 아이는 발음에 큰 문제가 없다)에 대한 스트레스, 양육과 경제적인 부분에 대한 가족의 스트레스 등 보이는 것보다 보이지 않는 부담이 더욱 많다.

아이와 병원에 다니다 보면 생각보다 구순구개열 환자가 많다는 사실에 놀라곤 한다. 힘든 상황을 직접 겪어 보니 그동안 우리 곁에 있지만 사정을 미처 알지 못해 돕지 못한 사람들을 어떻게든 도와주고 싶었다. 내 아이도 제대로 돌보지 못하고 힘들어서 절절거리면서 아이러니하게도 힘듦이 느껴질 때마다 나와 비슷한 상황을 겪고 있는 가족과 아이들이 생각났다. 아이가 수술을 하고 치료를 받을수록, 구순구개열로 예민함이 가중되었다는 이야기들을 들을수록 언젠가 능력이 되면 나와 비슷한 힘든 상황에 처한 사람들을 실질적으로 도와줄 수 있는 재단을 만들고 싶다는 소망이 마음 한 구석에 자리했다.

할 수 있는 깜냥은 아직 없지만 다른 사람들을 돕고 싶다는 소망을 마음속에 키웠는데, 이제는 예상치 못한 금단증상을 겪다 보니 정신과 약으로 고통받는 사람들을 도와주고 싶었다. 나는 자애롭거나 인류애가 넘치는 사람이 결코 아니다. 하지만 어디에도 온전히 터놓고 말할 수 없는 고통을 겪으며 고통 속에 있는 사람들을 도와주어야 한다는 생각은 머릿속에서 떠나지 않았다.

'나로 인해 단 한 사람이라도 약을 끊고, 아예 처음부터 약을 먹지 않을 수 있다면 얼마나 좋을까? 약으로 인해 고통받는 사람들이 줄어든다면 얼마나 감사할까?'

이런 마음으로 용기내어 2020년 2월부터 블로그에 단약과 관련된 글을 쓰기 시작했다. 예상보다 많은 사람들의 공감과 고통을 댓글로 접하면서 더 이상은 나와 같은 사람들이 없기를 간절히 소망하며 기도했다. 어떤 도움을 줄 수 있을지 알 수 없고 막연했지만 내 안에 자리한 꿈을 따르고 싶었다.

．．
내가 약물 중독자라고?

약물 중독자. 어느 날, 블로그에 댓글로 남겨져 있던 다섯 글자였다.

'나보고 약물 중독자라고? 내가 왜 약물 중독이야? 이 사람 뭘 보고 이러는 거야? 이상한 약물이 아니고 수면제잖아. 그것도 이렇게 많이 끊었는데!'

마약에 찌들어 끊지 못하고 결국 폐인으로 삶을 마감하는 영화에나 나오는 암울한 사람이 약물 중독자 아닌가? 그런 사람과 나를 동일시하다니 말도 안 되는 소리라며 분노했지만 한편으로는 인정할 수밖에 없었다.

약을 복용하게 된 의도는 다르지만 약을 끊는 순간 벌어지는 금단

나는 수면제를 끊었습니다

증상과 그로 인해 인간다운 생활을 하지 못한다는 점, 끊기 힘들고 끊을 수 없어 더욱 약에 의존한다는 점에서 약물 중독이 아닌 무엇으로 설명할 수 있을까?

인정하고 싶지 않았고 받아들이거나 생각하고 싶지도 않았지만 명백한 사실이었다. 아니라고 하고 싶었고, 아니어야 했지만 나는 마약이나 알코올 중독자와 다를 바 없는 수면제 중독자였다. 약물 중독자라는 글에 일순간 멍했지만 사실을 받아들이면서 앞으로 가야할 길을 직시했다.

'합법적인 중독자 신분에서 벗어나 반드시 떳떳하고 당당한 자유인으로 살 거야!'

블로그에 찾아와 글을 남기는 사람들의 대부분은 우울증과 불면증으로 약을 복용했다. 내가 약을 줄이고 회복하는 과정을 지켜보며 함께 응원을 보냈지만 한편으로는 나처럼 하지 못하는 자신을 자책하는 모습에 감사와 동시에 마음 한 구석이 늘 무거웠다. 나도 '힘내'라는 말이 비수처럼 꽂히던 시기가 있었으니 더욱 안타까웠다. 어떻게 하면 약을 끊고 애초에 복용하지 않도록 도울 수 있을까?

정신과와 심리상담 센터에서는 나처럼 약을 끊고 싶어 하는 사람들이 있다고 했지만 여전히 약을 끊은 사람은 나 혼자였다. 또한 꾸준히 걷고, 책을 읽고, 글을 쓰고, 규칙적인 외부활동을 하는 사람 역시 나 외에는 없다고 했다. 대부분은 무기력하고 힘들어서 병원이나 심리상담 센터만 간신히 왔다가 다시 올 때까지 죽은 듯이 지낸다고 했다. 같은 병원과 같은 심리상담 센터를 다니는데 왜 그럴까? 하나님께서 나에게만 특별한 의지와 은사를 주신 것은 아닌데 왜 나만 끊었을까? 신앙의 힘일까? 물론 여기까지 온 것은 분명히 신앙의 힘이 크지만 그렇다면 신앙이 없는 사람들은 평생 약에 고통받으며 끊지 못한다는 이야기인데 그건 말도 안 되는 소리였다. 내가 이렇게 활동할 수 있고 좋아진 것은 분명히 다른 사람들도 좋아질 수 있다는 증거인데 도와줄 방법이 딱히 보이지 않으니 답답했다.

내가 간절히 구하고 원하던 도움, 실오라기 하나라도 붙잡고 싶은 그 마음을 알고 있기 때문에 더욱 돕고 싶었다. 누군가 약을 끊고 있다는 사실만으로도 희망을 갖고 응원을 보내고 있으니, 실제로 끊은 사례가 있다면 지금보다 더 큰 희망을 갖고 용기를 낼 수 있음은 당연했다. 구체적으로 그들을 도울 수 있는 방법은 알지 못해도 내가 약을 끊는 것 자체가 도움이자 희망이 될 수 있었다.

내가 살기 위해 끊기 시작한 약은 어느덧 다른 사람들을 살리고 우리가 함께 사는 일이 되어 있었다. 나를 살리기 위해 낸 용기는 타인을 살리는 용기가 되었고, 나를 살리며 만난 나에 대한 사랑은 타인을 살리는 사랑이 되었다. 아무것도 하지 못하고 할 수 없던 내가 어느덧 세상에서 가장 중요한 일을 하는 사람이 되어 있었다.

'내가 하는 일은 세상에서 가장 중요한 일이야!'

:

머릿속에 낀
뿌연 안개

수면제를 끊기 시작하면서 인지능력을 비롯해 기억력이 현저히 떨어졌다. 일상의 사소한 것들이 기억나지 않았다. 아이들의 학원이나 학교의 등하교 시간, 전화번호, 학급, 번호, 요일, 날짜, 사물의 이름, 장소 등을 비롯하여 무엇을 했는지 또한 무엇을 하려고 하는지 기억나지 않았다. 가끔은 아이가 학원에 가야 한다는 것을 잊었고, 아이가 지금 무엇을 해야 하는지도 기억하지 못한 채 멍했다. 했던 말이나 행동이 기억나지 않는 경우는 빈번했고, 행동을 하면서도 지금 무엇을 하고 있는지 모를 때도 많았다. 단순히 '멍하다'가 아니라 '멍청하다'는 단어가 더욱 어울렸다. 기억이 나지 않는 것뿐만 아니라 기억을 하려면 온 신경을 집중해서 애를 써야 했고, 그렇게 애를 써도 생각이 나지 않아 절망했다. 머리에 희뿌연 안개가 끼어서 시간과 공간이 정지된 것만 같았다.

정신과 원장님께 혹시 치매나 건망증은 아닌지 여쭤봤지만 약을 끊느라 일시적으로 그렇다며 시간이 지나면 좋아질 거라고 하셨다. 물론 수면제를 복용하면서도 복용하기 전보다 머리가 멍한 느낌은 있었지만 이 정도는 아니었다. 그때도 원장님께 혹시 치매나 건망증이 아닐까 염려된다고 말했지만 과로로 인한 일시적인 증상이라 시간이 지나면 회복된다는 답을 들었다. 다행히 시간이 지나면서 일정 부분은 좋아진 것 같았다.

약을 끊으며 나타나는 일시적인 증상이라고 믿고 회복되기를 기다렸다. 한창 심한 시기가 지나고 2019년 겨울부터는 조금 호전되나 했는데, 2020년 3월 환인클로나제팜을 끊으면서 부쩍 심해졌다. 금단증상과 편두통에 글씨가 어른거리고 초점이 안 맞아서 그렇다고 여겼지만 날이 갈수록 증상이 심해지니 불안했다.

정신과 원장님께서는 딱히 이런 상황을 이해하지 못하셨고 그저 시간이 지나면 좋아진다는 말씀만 하셨다. 시간이 지나면 좋아진다고 믿으면서도 신체 증상과 달리 머릿속이 뿌옇고 뇌 기능의 상실이 현실화되니 무서움은 급속도로 커졌고 소통이 두려워졌다.

몸과 마음이 매우 괴롭고 당장 손을 사용하기 힘든 데다 단약에 관한 것을 일일이 설명하기 부담스러워 친구들과도 거의 연락을 하지 않고 지냈다. 어느 날 한 친구가 보내온 간단한 의견을 묻는 메시지에도 답을 보내지 못하면서 패닉 상태에 빠져들었다. 도무지 아무런 생각이 나지 않았다. 뭐라고 답을 해야 할지 몰라 엉뚱하고도 짤막한 답을 간신히 보내고 나서 온몸에 소름이 끼치며 공포에 휩싸였다.

'왜 생각하고 표현할 수가 없지? 왜 예전처럼 글을 작성할 수 없을까? 글쓰기가 말하기보다 수월했는데… 머리에 온통 뿌연 안개가 낀 것 같아. 단어가 생각나지 않고 무슨 표현을 어떻게 해야 하는지 도통 모르겠어. 점점 말도 제대로 못하는데… 이러다 진짜 사람들과 말 한마디 못할 것 같아.'

두통이 아무리 심하다고 해도 기억력이 나빠지고, 머리가 멍하고, 생각과 표현조차 할 수 없는지 의문이 들었다. 집중할 수 없었고, 인지기능이 떨어지는 것을 넘어서 무엇보다 글을 작성하지 못한다는 사실에 충격과 절망감은 이루 말할 수 없었다. 정말이지 미칠 것 같았다. 말하면서도 생각하는 바를 제대로 표현할 수 없었다. 단어가 생각나지 않았고 무슨 말을 하는지 알지 못한 채 생각과 감정, 입술과 말이 각기 따로 인식되며 얼음처럼 굳는 순간이 기하급수적으로 늘었다. 심지어 대화 중에도 바로 조금 전 말한 내용을 기억하지 못하니 말하는 것 자체가 두려웠다.

'금단증상 중 하나야. 두통과 스트레스가 심해서 그래.'

하지만 아무리 생각해도 바보가 되었다는 생각에 절망감을 주체할 수 없었다. 편두통이 심했을 때 신경과에서 이미 할 만한 검사는 다 해봤고, 정신과에서는 시간이 지나면 좋아진다고 했는데 대체 왜 더 심해지는 건지 가슴이 먹먹했다. 2019년 여름 졸민과 스틸녹스를 끊고 가장 힘든 시기가 지난 후 책과 신문 기사를 조금씩 보고 있다고 이야기하면 원장님은 의아해하며 이렇게 반문하셨다.

"책이 읽어지세요? 책 못 보실 텐데요?"

질문에 답이 있었다. 책이 읽어지지 않아 책을 펴놓고도 못 보고 있었지만 질문에 수긍하고 싶지 않았다. 수긍하면 바보라는 사실을 순순히 인정하는 것 같았다.

"힘들지만… 그래도 조금씩 읽어요."

허약해서 신체 제약이 많았던 학창 시절, 유일한 즐거움이자 희망이 책이었다. 심심하면 서점에 가서 책을 읽었고, 아파서 병원에 다녀오는 길에도 아픈 동안 읽을 책을 사달라고 할 정도로 책을 가까이하고 좋아했다. 아이를 낳고 양육하고 이혼하고 일을 하면서 생활의 바쁨을 핑계로 오랫동안 책을 읽지 못하는 시간을 보냈지만 어떻게 이 정도로 바보가 될 수 있는지 의아했다. 대학 다닐 때 대부분의

학생들이 포기한 서술 시험에서 A+ 학점을 받아 교수님이 호명하셨던 적도 있고, 친구의 연애편지를 대필해주기도 했다. 애독자 엽서를 보내면 열에 일곱은 당첨이 되었고, 단약 전인 2019년 초여름까지도 일 때문에 작성하던 글이 있었기 때문에 글쓰기는 그리 부담스럽지 않았는데 어느덧 세상에서 가장 두려운 일이 돼버렸다.

뇌사나 마찬가지인 상태에서 블로그 글을 작성하는 것은 또 다른 고통이자 시련이었다. 문자메시지에 답 하나 제대로 못하는 사람이 어떻게 계속 글을 쓸 수 있을까 싶어 그대로 사라지고 싶었다. 회피가 어떤 결과로 되돌아오는지 알지 못했다면 도망치기라도 쉬우련만 그 결과를 참담히 겪고 있으니 도망갈 수도 없었다. 도망갈 곳이 없는 막다른 곳에서 할 수 있는 선택은 직면이었다. 다른 기회가 없어서 어쩔 수 없이 했던 선택했지만 더 이상의 회피를 받아들일 수 없는 막다른 곳은 가장 주도적인 직면과 실행을 가능하게 했다.

글쓰기 연습을 한다는 심정으로 블로그에 짧은 글 하나를 네다섯 시간에 걸쳐 썼다 지우기를 반복했다. 무엇을 쓰고 싶은지 혼란스러웠고, 무슨 표현을 어떻게 해야 하는지도 알 수 없었다. 적합한 단어들이 모두 뿌연 안개 속에 가려져 있었고 오랜 시간 붙들고 작성했지만 그럼에도 다음 날 수정을 거듭해야 하는 맞지 않는 문맥들이 눈에 띄었다. 그래서 글이 완성되면 일단 저장하고 다음 날 수정했다. 문맥과 단어, 표현, 맞춤법 모두 문제가 있었지만 안간힘을 써서 몇 시간 동안 글쓰기를 반복하고 나면 탈진해서 더 이상의 포스팅은 불가능했다. 저장해둔 글을 다음 날 수정하고, 그다음 날 재차 수정하고…. 하나의 글을 올리기까지 2~3일이 걸렸지만 완성도나 문장 형태, 표현은 여전히 미숙해서 밀려오는 허탈함과 비통함에 눈물이 쏟아졌다.

노심초사하며 고심해서 올린 글도 며칠 뒤 다시 보면 초등학생이 작성한 글 마냥 단순했고 조악했다. 하지만 어떻게 수정하고 써야 하는지 생각이 나지 않아서 수정 자체를 할 수 없다는 사실이 더욱 비참했다. 완성도 있게 잘 쓴 글이 아니라 기본적인 맥락에 따라 술술 쓸 수 있는 단문이나 댓글, 문자메시지 하나조차 원활히 작성할 수 없다는 데서 오는 고통은 신체의 고통과는 별개로 삶의 의지를 무참히 갉아먹었다.

제대로 할 수 없는 의사소통 때문에 관계를 피하는 사람으로 살아야 하는지 가슴이 미어졌다. 이대로 소통 없이 고립된 삶을 살아야 하는 걸까?

걷지 않는 대부분의 시간에는 스마트폰을 붙잡고 써지지 않는 글쓰기에 집중했다. 글쓰기 외에는 할 수 있는 것이 없었다. '뇌가 뿌옇고 머릿속에 하얗게 안개가 낀 것 같은' 나와 같은 증상이 실제로 있는 것 같지는 않았지만 혹시나 싶어 내 상태를 검색 창에 그대로 나열해보았다.

브레인 포그

머리에 안개가 낀 것처럼 멍한 느낌이 지속돼 생각과 표현을 분명히 하지 못하는 상태를 일컫는다. 집중력 감소, 기억력 저하, 피로감, 우울 등의 증상을 동반하며 방치할 경우 치매 발병 위험이 높아진다(출처: 시사상식사전, 박문각 제공).

실제로 있는 증상이었다. 증상 그대로 '브레인 포그(뇌 안개)'라고 명명한다는 사실에 더욱 놀랐다. 누군가 내게 물어보고 작성한 것처럼 똑같은 증상이었다.

나만 그렇지 않다는 안도감이 들어서였을까. 아니면 금단증상이 조금씩 좋아지고 글쓰기를 매일 하고 있어서 였을까. 2~3개월이 지나면서 미미하지만 머릿속 짙은 안개가 천천히 걷히는 느낌이 들었다. 글쓰기는 여전히 힘들었지만 멈춰버린 뇌가 다시 가동할 준비를 하는 것 같았다. 걷고, 읽고, 쓰는 방법이 틀리지 않다는 것을 스스로 증명하고 있으니 이겨낼 수 있다고 믿었다. 이것 외에는 다른 방법이 없으니 믿지 않을 수 없었다.

2020년 6월부터는 '일주일에 가벼운 책 한 권 읽기'를 추가 목표로 세웠다. 여기에 한 가지를 더해 한 번 더 머릿속에 주입하면 말하고 쓰는 데 도움될 것 같아서 필사를 시작했다. 여전히 집중해서 무언가를 하는 것은 쉽지 않았고 읽으면서도 이해하거나 기억하지 못했다. 글자를 따라가지 못해 놓치는 경우가 태반이었지만 책을 읽고, 글씨를 쓰는 것만으로도 좋아진 것이니 계속 읽고, 쓰고, 걷다 보면 차차 나아진다고 믿었다.

Chapter 6 >>
내 감정의 주인 되기

．
．

잘 지낸다는 말

　　　　　　　　한참을 웃지 않던 내가, 소리 내어
웃는 것이 어색하고 낯설던 내가 언제 그랬냐는 듯이 자연스럽게 웃
고 떠들었다. 걷고, 운동하고, 큰 소리로 웃고, 주어진 일상에 즐거워
하며 감사하는 삶. 내가 바라는 삶은 저 멀리 알 수 없는 어디쯤 결코
도달할 수 없는 곳에 있지 않았다. 좋은 사람과 좋은 엄마가 되고 싶
어서 노력한다는 그럴싸한 미명 아래 완벽한 사람과 완벽한 엄마가
되기 위해, 아니 완벽해 보이는 사람이 되기 위해 쓴 가면이 벗겨질
까봐 또 다른 가면만 열심히 찾아 쓰던 삶이었다.

　잡히지 않고 잡을 수도 없는 허상인 완벽함, 나의 불완전함을 인
정하기 싫어서 벗을 수 없던 가면을 벗으니 세상이 달리 보이기 시

작했다. 완벽하지 않은 가운데 누릴 수 있는 온전한 즐거움과 행복, 갖춰져 있을 때 느끼지 못한 주어진 것들에 대한 감사. 내게만 불합리하고 불친절한 것 같던 세상은 여전히 내 뜻에 맞게 합리적이거나 친절하게 바뀌지 않았다. 다만 언제나 그랬듯이 한결같은 모습으로 나를 기다리고 있었고, 기다림에 응한 나를 반갑게 맞아주었다.

　가면을 쓰고 있을 때는 어떤 모습이든 나를 반겨주는 세상이 기다리고 있다는 것을 알지 못했고 받아들일 수 없었다. 조금 더, 보다 나은 모습을 갖춰야만 나를 환영해줄 것 같았다. 이 정도로는 가면을 벗기에 부족했다. 더 많이 갖추기 전에는 결코 가면을 벗을 수 없었다. 하지만 더 이상 쓸 수 있는 가면은 남아 있지 않았고, 다른 가면을 찾을 여력도 남아있지 않았다.

　마지막까지 벗으면 안 될 것 같았는데, 망가질 대로 망가진 것 같았는데, 더 이상 후줄근할 수 없을 만큼 후줄근한 것 같았는데 막상 가면을 벗었지만 걱정했던 것처럼 더 큰 나락으로 떨어지지 않았다. 오히려 그토록 붙잡으려 했지만 만질 수 없던 행복과 기쁨이 소리 소문 없이 스며들었고, 가장 큰 고통 한가운데에서 무한한 자유를 누릴 수 있었다. 그림 같은 집, 단란한 가족, 건강한 신체 그 어느 것 하나 갖고 있지 않지만 무엇에 의한 내가 아닌, 지금 이 순간 살아 숨 쉬는 내 존재 자체가 특별하고 감사했다.

나에 대한 감사, 나를 위해 주어진 세상에 대한 감사, 나를 이 세상에 존재하게 하신 유일하게 완벽한 하나님의 사랑에 감사했다. 나는 특별한 존재지만 만들어진 피조물로서 불완전한 존재임을 그리고 나뿐 아니라 완벽해 보이는 모든 사람이 완벽하지 않다는 것을 인정함으로써 내 안에 남아 있던 부러움과 시기, 질투를 흘려보냈다.

큐로켈을 끊은 후 별다르게 힘들지 않아 남아 있는 스리반을 0.5밀리그램씩 줄인다는 글을 블로그에 작성할 정도로 몸과 마음에 여유가 생겼다. 스리반을 줄이며 전반적으로 컨디션이 늘어졌지만 그럼에도 만 보를 걸을 수 있었다. 나를 비롯해 아이들의 얼굴에도 나날이 생기가 돌았다.

"한 달 동안 어떻게 지내셨어요?"

"잘 지냈어요."

전에는 몰랐지만 쉽게 말할 수 있는 문장이 아니라는 것을 깨닫고 나서는 좀처럼 입밖으로 나오지 않던 말이었다. 잘 지내지 않지만 괜찮아 보이고 싶어서, 못 지내는 것을 들킬까봐 했던 나만의 거짓말이 '잘 지낸다'는 말이었다. 그러나 이제는 예전과 다르다. 완벽해 보이고 싶어서 하는 말이 아니라 진실로 내 삶에 감사해서 있는 그대로 '잘 지낸다'는 말을 할 수 있게 되었다. 나는 정말 잘 지내고 있으니까.

큐로켈을 성공적으로 끊은 후 스리반을 줄이고 있고, 아이들 또한 깊은 우울에서 빠져나오고 있으며, 금단증상들이 조금씩 호전되고 있었다. 나를 수용하고, 사랑하며, 꾸준히 걷고, 주어진 일상에 충실한 현재의 삶에 감사하다고 외치고 싶은 말을 '잘 지낸다'는 한 문장으로 답할 수 있음에 감격했다.

과거와 전혀 다른 의미로 잘 지낸다고 답하며 현재의 이 순간을 온전히 느끼는 존재는 타인이 아닌 나였다. 내 자리가 없던 삶에 두 발을 뻗고 눕거나 뛰어도 충분할 만큼 여유가 생겼다. 애써 타인의 자리를 치우지 않아도 내 자리가 넓어짐에 따라 지우고 싶은 흔적들마저 자연스럽게 사라졌다.

정신과 원장님은 깜짝 놀라 말씀하셨다.

"진짜요? 와, 이건 뭐… 진짜 책 쓰세요. 유튜브라도 좀 하시면 좋겠어요. 대체 어떤 동기부여로 그렇게 하신 거예요? 정윤주 님 같은 분 처음 봤어요. 처음 오실 때 드시던 그 많은 수면제를 이만큼 끊다니요. 진짜 전무후무일 거예요! 어떻게 하셨어요? 좀 알려주세요. 저도 알아야 다른 분들께 도움을 드릴 수 있을 것 같아요. 진짜 경외심이 드네요. 걷기, 저도 오늘부터 당장 해봐야겠어요. 결국 버티는 자가 승자인 것을 실제 사례로 보여주시네요."

열심히 살았지만 이렇게 나에게 몰입해서 미친 듯이 살아본 적은

나는 수면제를 끊었습니다

없었다. 그동안 생각한 열심과 노력은 진짜가 아니라 열심과 비슷한 무엇이었다. 진짜를 맛본 적이 없으니 진짜 열심을 알지 못한 채 비슷한 모양새만 쫓았다. 아무리 쫓아도 원하는 바를 얻을 수 없었지만 우물을 뛰쳐나올 용기가 없었고, 나올 필요 역시 느끼지 못했다. 원하는 것은 크지 않았다. 5퍼센트 부족한 것 같았지만 욕심내지 않고 2퍼센트만 채워지길 바랐다. 더도 말고 딱 2퍼센트였다.

2퍼센트만 채워지면 백 퍼센트는 아니지만 내 기준에 맞는 행복한 삶을 살 수 있을 것 같았다. 공짜로 주어지지 않는 것 정도는 알고 있으니 모자란 분량을 채우기 위해 최선을 다했지만, 2퍼센트를 위한 최선이었다. 한계를 설정해놓은 최선은 최선이 아니었지만, 5퍼센트를 목표로 삼지 않았으니 이 정도면 충분하다고 생각했다. 예상대로라면 살짝 부족해도 만족스러워야 하는데 이상하게 기대와 달리 채워지지 않은 채 미흡함만 느껴졌다. 5퍼센트가 아닌 단지 2퍼센트를 바라고 노력했는데 대체 왜 이런 결과가 나오는지 의아했다.

'노력했는데… 왜 2퍼센트가 채워지지 않는 걸까?'

오늘 하루 죽도록 수고했다고 하루가 더 주어지지 않음에도 내가 계산한 만큼의 결과가 주어지길 원했다. 노력에 따르는 결과는 예측할 수 없음에도 그 사실을 인정하고 싶지 않았다. 가장 쉽고 빠른 선택을 쫓아 한계치에 도달했으니 더 이상은 과욕이라며 포기했다. 한 번도 그 이상을 뛰어넘으려고 시도하지 않았다. 한계를 정해도 내가 생각한 것과 다른 결과가 주어지니 한계를 넘어설 때 마주할 예측 불가능한 결과에 실망하고 싶지 않았다. 최선에 따르는 결과를 보장 받지 못하니 충분히 채워지지 않을 것을 예상하면서도 어느 정도 보 장된 노력만 하는 것이 나의 최선이자 최대였다.

'최선을 다했는데 대체 왜 나한테만 이런 결과가 주어지는 거야? 저 사람은 출발선이 달라서 그래. 저런 조건이라면 나도 분명히 가 능했어!'

삶은 정직했다. 누군가에만 친절하고 누군가에게만 가혹하지 않 았다. 부족한 5퍼센트에서 2퍼센트만을 채우고자 노력한 자에게는 딱 그에 맞는 대가를 주었고, 최선을 다한 자에게는 기대보다 더 큰 열매를 선사해주는 것이 인생의 진실이었다. 예측 가능한 대가가 아 닌 기대 이상의 선물을 받는 것에 자격이나 조건은 필요하지 않았고 요구하지도 않았다. 자격과 조건은 실패에 대한 두려움에서 도망치 기 위해 내세운 방패막이에 불과했다. 삶은 늘 공평했다.

:

"나는 행복을
선택한다"

　　　　　　　　　　　남아 있는 스리반 1.5밀리그램 중
다시 0.5밀리그램을 줄여 1밀리그램만이 남았다. 약을 줄였음에도
오히려 네다섯시간 정도 잘 수 있게 되었다. 약을 끊기 시작한 지 1
년이 되어서야 꿀잠을 잔다는 표현을 처음으로 했을 만큼 지난 1년
간 거의 잠을 자지 못했다. 밤에 못 자면 낮에 잠이 쏟아질 줄 알았는
데 뇌가 어찌나 혼란스러운지 낮에도 잠은 쏟아지지 않았고 누워도
잠은 오지 않았다. 그래서 늘 피곤하고 지쳐 있었다. 설마 이렇게까
지 오랜 기간 못 잘 것이라고는 생각하지 않았다. 하루하루가 실험
대 위의 실험 쥐 같았다. 도저히 잘 수 없는 환경을 만들어 놓고 얼마
나 버티는지, 어떠한 특이성이 나타나는지 관찰하는 실험의 실험 쥐

같았는데 이제는 잠다운 잠을 잔다는 느낌이 들었다.

편두통 약을 모두 끊은 지 두 달가량 되었다. 두통이 너무 심해서 천국에 데려가달라고 울부짖고, 고통 속에 지압봉으로 이마를 누르다 피부가 벗겨지고 멍이 들 정도로 피폐한 삶을 살던 것이 불과 두세 달 전인데 마치 오래전 같았다. 얼마 전부터 지압봉들을 사용한 적이 없고, 심지어 손을 뻗으면 바로 닿을 수 있는 곳에 상시 두던 지압봉들을 제자리에 치워버렸다는 사실이 청소하다 문득 떠올랐다.

끝나지 않을 것 같은 고통이 조금씩 사라지면서 일상적이라는 이유로 의식하지 않으면 온전한 기쁨과 감사를 느낄 수 없었다. 손가락 끝에 조그마한 상처가 생기면 즉각적으로 고통을 느끼지만 회복은 의식하지 않으면 느낄 수 없는 것과 마찬가지였다. 고통은 수동이지만 기쁨과 감사는 능동이었다.

스리반을 감약하고 크게 힘든 것이 없어서 2주 후 0.5밀리그램을 추가로 줄였다. 이제 반 알인 0.5밀리그램만이 남았다. 스리반은 다른 약들에 비해 2밀리그램에서 1밀리그램으로 줄이기가 수월했고, 정신과 원장님께서도 스리반은 순해서 부담 없이 줄일 수 있을 거라고 하셨다.

그런데 의외로 약을 추가로 줄이고 나서는 잠시 꿀잠을 잔다고 생각한 것이 무색할 정도로 밤을 꼴딱 샜다. 온 신경 세포가 열린 기분으로 아래, 위층의 오만가지 소음과 진동을 모두 느끼면서 어지럽고 멍한 밤을 보냈다. 잠 못 자고 힘든 밤을 보내면 식은땀을 어찌나 흘리는지, 지난 1년간 아침마다 베개 커버와 침구, 입고 있는 옷이 흥건히 젖어 있었다. 간신히 선잠이 들었다가 축축해서 깨는 경우도 많았다. 다시 온몸이 흠뻑 젖은 상태로 일어나니 불안했다. 몸은 짓눌린 듯 힘들었고, 머리는 원점이 된 양 멍했으며, 뇌는 정지된 것 같았다. 무엇보다 어떻게 할 수 없는 감정의 과민반응에 마음이 무너졌다.

'하루 못 잤다고 왜 이러지? 다시 원점부터 시작하는 걸까?'

이제는 어떠한 증상이 닥치더라도 견딜 수 있을 줄 알았는데 사소한 자극 하나하나에 요동치며 흔들리는 갈대 같은 내 모습을 마주하는 게 더 괴로웠다. 작은 바람에 흔들리고 요동치면서도 꺾이지 않고 이 자리에서 버티고 있는 것이 누구인가? 바로 나였다.

'아프고, 잠을 못 자고, 늘어지고, 긴장할수록 걸어야 한다는 답을 알고 있으니 얼마나 감사해?'

공원까지 걷는 것은 하지 못할 것 같아 일단은 놀이터에서 노는 아이들을 구경했다. 놀이터가 떠나가라 신나게 놀던 아이들의 권유에 함께 시소와 미끄럼틀, 그네를 타면서 믿기지 않을 힘이 솟았고 크게 웃으며 집으로 돌아왔다. 혹시나 했던 불안감은 기우였을 뿐

하루가 지나니 조금씩 잠을 잘 수 있었고 증상들도 완화되었다. 차마 치울 엄두가 나지 않아서 손을 대지 못하던 어질러진 장난감들이 눈에 들어와서 천천히 정리하기 시작했다. 한 개만, 두 개만 하다 모두 정리했더니 배가 고파서 식사를 맛있게 했다.

'하루 지났을 뿐인데 이렇게 좋아졌으니 며칠 지나면 좋아지겠구나. 남은 스리반 반 알만 끊으면 수면제를 복용하지 않던 시절로 돌아갈 수 있어!'

보이지 않던 끝, 오지 않을 것 같은 고지가 드디어 눈앞에 다가왔다. 약을 다 끊는다고 고통스러운 금단증상들이 일시에 사라지지는 않겠지만 편안한 마음으로 기다릴 수 있었다. 백 년 인생 가운데 1~2년 정도는 늦어도 괜찮았다. 폭죽을 터뜨리고 환호하는 기적의 날이 오기만을 손꼽아 기다리는 삶이 아니라 지금, 매일 일어나고 있는 일상의 기적들을 누리며 나아가는 것으로 충분했다.

2020년 7월 23일, 남은 스리반 0.5밀리그램을 보며 주저했다.

'오늘로 끝낼까? 아니면 다시 양을 절반으로 줄여서 좀 더 천천히 끊을까?'

늦어지더라도 끝맺음을 확실히 하고 몸에 가는 부담을 최소화하기 위해 스리반을 다시 절반 용량인 0.25밀리그램으로 잘랐다. 마지

나는 수면제를 끊었습니다

막 약인 스리반을 줄이기 시작해서 이 순간까지 한 달 정도 걸렸다. 이렇게 조그만 약 한 알, 반 알의 위력이 얼마나 위협적인지 사람들은 알까? 정신과에 다녀온 지 한 달이 지나 다시 병원에 가야 했지만 진료 일정을 3주 뒤로 미뤘다. 지난번 진료를 하면서 약이 더욱 줄어든 사실에 몹시 놀라던 원장님께 마음으로 답했다.

'다음 진료 때는 모든 약을 다 끊고 증거가 되어 올 거예요.'

대부분의 증상들이 이해하기 힘든 금단증상이지만 정말 이해할 수 없는 증상 중 한 가지는 누워 있을 때도 전신의 긴장을 풀 수 없는 점이었다. 가장 편안하고 이완된 자세임에도 의지와 상관없이 어찌나 긴장하고 힘이 들어가는지 손, 팔, 다리 등 신체의 어느 곳 하나 힘을 뺄 수 없었다. 힘을 주고 싶지 않고 긴장하고 싶지 않은데 마음처럼 되지 않았다. 극도로 긴장한 뇌의 발악이었다.

손에 힘을 주고 있어서 손을 털고 스트레칭을 한 뒤 누우면 다리에 힘을 주었고, 다리를 털고 발을 움직이면 황당하게 허벅지에 힘을 주었다. 옆으로 돌아누우면 다시 반대쪽 팔에 힘을 주었다. 간신히 힘이 빠졌다는 생각이 드는 찰나 온 힘이 이마를 비롯한 눈과 턱 등 얼굴 전체에 몰렸다. 쥐가 나고 근육경련이 일어나는 것은 다반사여서 더욱 잠들 수 없었다.

나의 주인은 누구일까? 수많은 생각을 하고 다양한 감정을 느끼고 표현하는 영과 혼, 육체의 주인인 나. 그 어느 것 하나로 정의할 수 없지만 이 모든 것은 생각과 감정, 신체를 주관하는 뇌의 주인을 수면제에 내어준 결과였다. 스스로를 약에 내어주고 식민지의 노예로 사는 고통스러운 삶. 주인이지만 주인의 삶을 버린 대가를 혹독하게 치르는 삶. 다시 자유를 찾기 위해서는 목숨까지도 걸어야 하는 삶. 정신이 번쩍 들었다.

'다시는 내 자리에 수면제나 타인, 그 어떤 것도 끌어들이지 않고 온전한 나로 살 거야.'

걷지 않았다면, 건강을 택하지 않았다면, 수면제를 끊지 않았다면 깨닫지 못했을 삶의 진실을 매일 깨달을 수 있게 된 것 역시 수면제를 선택할 때와 마찬가지로 내 선택이었다.

'수면제를 복용할 것인가? 복용하지 않을 것인가? 수면제를 끊을 것인가? 끊지 않을 것인가? 걸을 것인가? 걷지 않을 것인가? 나를 받아들이고 인정할 것인가? 회피할 것인가?'

친숙한 선택으로 이루어진 익숙한 삶에서 벗어나 낯설고 새로운 삶을 선택했고 그 선택에 따라 꾸준히 걷고, 쓰고, 읽었다. 낯설음은 어느새 익숙함으로 자리 잡았고, 새롭게 자리하는 일상들은 과거에 지니던 익숙한 일상들보다 나를 더 행복하게 해주었다.

선택을 견고히 하기 위해 세운 세부 목표와 계획은 조금씩 확장되었다. 매일 거울을 보고 웃으며 확언했다.

"나는 건강을 선택했다. 나는 행복을 선택했다."

건강과 행복 외에 다른 선택은 하지 않았다. 나에게 가장 좋은 것을 주고, 행하며, 누리고 있음을 확신했다. 미래를 기약하지만 지금 이 순간에도 내가 누릴 수 있는 건강과 행복이 주어졌다고 믿었다.

사람들의 인생을 긍정적으로 변화시키는 삶을 살고 싶었다. 크고 위대한 꿈이지만 크고 위대한 만큼 불분명하고 답이 딱히 보이지 않은 채 막연했다. 무엇을 어떻게 해야 사람들을 변화시킬 수 있는지 도무지 알 수 없었다. 그리고 그 이전에 나 자신이 어떠한 사람인지, 무엇을 원하는지조차 알지 못했다. 상황에 맞게 순응하며 사는 것이 최선인 것 같았다. 가끔 이런 삶이 전부가 아니라는 내면의 소리가 들렸지만 진정으로 원하는 삶을 이루기 위해 무엇을 어떻게 해야 할지 막막했고, 행복하지는 않지만 그렇다고 나쁘지 않은 지금의 삶마저 사라질까봐 두려웠다. 목표를 이루고 꿈을 이룬 성공한 사람들은 평범한 나와는 본질적으로 다른 특별한 유전자와 환경을 타고났다고 믿었다. 그래야만 주어진 현실에 들어맞는 최선만 하는 나를 정당화시킬 수 있었다. 그들은 나와 본질적으로 다른 사람들이어야 했다.

저마다 타고난 크기가 달랐고, 생김과 용도 또한 모두 '다른' 그릇이었다. 나만 다른 것이 아니라 모든 사람이 제각각이었지만 나만 작고 부족하다고 여겼다. 볼품없이 매일 먹는 김치만 담는다고 불평하면서 다른 음식을 담을 엄두조차 내지 못하는 그릇. 왜 한 번도 다른 음식을 담을 생각을 하지 않았을까? 내 그릇에 김치가 아닌 다양한 음식들을 담으면서 삶이 달라지고 있었다.

：

모든 약을 끊고 맞이한
역사적인 아침

손바닥에 아무 약도 올려놓지 않게 된 날, 2020년 7월 30일.

미칠 듯한 고통과 두려움, 불면에 맞서 싸우며 분명히 오리라 믿었지만 하늘의 구름처럼 멀게만 느껴지던 그날이 왔다. 모든 수면제를 전부 다 끊은 날. 마지막 약인 스리반 2밀리그램을 네 차례 분할해서 0.25밀리그램까지 줄이는데 거의 두 달이 걸렸다. 0.25밀리그램 상태에서 더 분할하거나 이 상태를 1~2주 정도 유지하다 끊을까도 생각했지만 더 이상 시간을 끌지 않기로 했다. 수면 사이클과 금단증상에서 벗어나 뇌가 정상화되기까지 얼마나 많은 시간이 소요될 지 알 수 없으니 여기서 약을 좀 더 유지하는 것은 큰 의미가 있을 것 같지 않았다. 아무런 약도 먹지 않고 잠자리에 든다는 게 낯설었지만 약만 빠졌을 뿐 모든 것이 어제와 동일했다.

'제가 기쁘고 행복하길 원하시는 하나님, 불면과 고통의 밤, 그 긴 시간 동안 낙망하지 않게 저를 만나주시고 약을 끊게 해주셔서 정말 감사드려요. 오리라고 믿었지만 두려울 때가 많았는데 결국 이렇게 모든 약을 끊을 수 있게 되었어요. 잠을 자지 못해도, 다른 증상들로 고통이 심해져도 두려워하지 않게 해주세요. 온전히 누리라고 주신 하루에 불안과 좌절을 끌어들이지 않고 건강과 행복을 누릴 수 있도록 도와주세요. 솔직히 두렵고 떨려요. 하지만 모든 것이 갖춰있지 않아도 어떠한 상황에서도 허락하신 생각과 마음 가운데 모든 것을 선택할 수 있음을 깨닫게 해주셨으니 오늘과 내일을 두려워하지 않고 맞이할게요. 도와주세요.'

수면제를 끊고 역사적인 첫 아침을 맞이하면 어떤 기분이 들까? 모든 약을 끊는 날이 점점 다가오면서 내심 기대했다. 그날 아침은 한 달 전이나 일주일 전, 그 전날과는 다르기를.

물론, 달랐다. 내가 원하는 방식과 반대로 달랐을 뿐.

더웠다 추웠다 미친 사람처럼 밤을 꼴딱 샜다. 식은땀과 어지러움, 멍함과 피로감이 심했다. 눈은 뜨고 있지만 뇌가 비몽사몽 해서 정신을 차릴 수 없었다. 속상했지만 별다른 방법이 없었다.

'뇌가 회복되면 좋아져. 끝까지 포기하지 않으면 승리할 수 있어. 승자는 나야.'

별생각 없이 약을 끊으면 잠을 못 자서 힘들 거라는 생각만으로 시작한 단약에 1년이 걸렸고 금단증상으로 일상은 쓰나미가 휩쓸고 간 듯 사라졌다. 그토록 바라던 수면제를 끊었음에도 여전히 잠을 자지 못했고, 증상이 완화되기는 했지만 금단증상에서 자유롭지 못했다. 약을 다 끊으면 어떤 느낌일지 몹시 궁금했고 그토록 소망하고 기다리던 날이었지만 막상 약을 끊어도 드라마 같은 현실은 펼쳐지지 않았다. 어느 정도 예상했음에도 '그래도 혹시' 하는 공기처럼 가벼운 기대감을 갖고 있었다. 추를 올리기조차 두려운 가벼운 기대감 정도는 희망이라는 이름으로 허락해도 될 것 같았는데 여지없이 무너진 현실에 절망감이 들었다.

분명히 승리했고 그토록 원하던 것을 얻었지만 승자라는 생각이 들지 않았다. 몰려오는 고통과 피로, 무기력에 강렬했던 기쁨만큼 허탈감도 컸다.

"죽음의 공포와 고통을 이겨내고 아무도 끊지 못했다는 약을 드디어 끊었어! 난 승자야!"

허공에 소리라도 지르면 좀 나았을까? 누군가에게 인정받기 위해, 내 노력을 알아달라고 끊은 것이 아님에도 아무것도 바뀌지 않은 고통스러운 현실을 직면하니 그간의 기도와 다짐이 무색해졌다. 1라운드의 승리보다 희망 없는 2라운드에 들어서야 한다는 사실에 다시 링에 오르고 싶어하지 않는 복싱 선수나 마찬가지였다.

제발 끝났으면 했는데 언제까지 금단증상의 고통 속에 살아야 할까? 무엇보다 그 작은 약에, 0.25밀리그램이라는 미량에도 내 몸이 상상할 수 없는 지배를 받는다는 사실이 끔찍했다. 약의 지배에서 벗어나지 못하는 건 아닐까? 답을 아는 사람이 혹시 있지 않을까? 그 어떤 공포영화가 이렇게 처참하고 무서울 수 있을까? 사람에게 희망이 없다는 것보다 더 큰 공포는 없었다. 희망이 사라진 사람이 지닐 수 있는 유일한 소망은 소멸이었다. 스스로 사라지기를 바라는 것이 유일한 탈출구이자 비상구였다.

수면제를 다 끊으면 좋아진다는 기대가 은연중 컸는지 핫팩을 끌어안은 손에 눈물방울이 떨어졌다. 수면제만 끊으면 되는 줄 알고 시작한 단약이었다. 하지만 약을 복용하지 않아 발생하는 문제들은 언제 끝날지 알 수 없다는 사실을 알고 나니 멋모르고 시작할 때와 달리 큰 두려움이 몰려왔다. 이미 알고 있는 익숙한 맛을 잊지 못해 다이어트에 실패하는 것처럼 지난 과정을 또다시 겪을지도 모른다는 두려움은 상상 이상의 공포였다.

컨디션이 확 떨어진 내게 피곤하면 자고 힘들면 쉬라고, 잠을 못

자고 수면제를 끊느라 힘들다고 말하면 그러니 가서 자라고, 이해를 하든 못하든 걱정해주는 말에 부쩍 예민해졌다. 누군가에게는 너무 손쉽고 아무것도 아닌 잠을 자고 푹 쉬는 것, 그토록 쉽고 간단한 것을 뜻대로 할 수 없어서 괴로운데, 나도 쉬고 싶고 잠을 자고 싶은데 그게 안 되니까 미치도록 답답한 건데 어떡하면 좋을까? 겪어 보지 않은 입장에서 할 수 있는 당연한 말들에 왜 이리 과민할까 싶으면서도 사람들의 한마디 한마디가 화살처럼 꽂혀 가슴을 후벼 팠다.

더 이상 꽂힐 화살이 없는 밤, 혼자라서 싫지만 혼자라서 다행인 밤에 나와 같은 사람들이 떠올랐다.

'하나님, 저처럼 약으로 고통받는 사람들이 없게 해주시고, 특히 블로그에 와서 댓글을 남기는 분들이 반드시 약을 끊고 몸과 마음을 회복하게 도와주세요. 이 세상에 정신과 약을 복용하는 사람들이 없게 해주세요. 모든 사람이 자신을 사랑하며 자신의 인생에 참주인으로 살게 해주세요.'

간절한 기도의 힘을 믿었고, 어디에서도 이해받기 힘든 고통과 외로움을 매일 겪으니 나와 같은 사람들을 위한 기도가 저절로 나왔다. 예전에는 힘들어하는 사람을 위해서도 마음을 먹어야만 기도할 수 있었다. 그런데 더 이상 내려갈 수 없는 고통을 겪고 나서는 누가 시키지 않아도, 부탁하지 않아도, 애쓰고 노력하지 않아도 온 마음에서 자연스럽게 그들을 위한 진심의 기도가 우러나왔다.

예배에 참석할 수 있음에 감사하면서도 속상함이 덧입혀져 예배에 집중이 되지 않았다. 번민이 가득한 마음에 〈누군가 널 위해 기도하네〉 찬양을 듣는 순간 댐이 터진 듯 눈물이 하염없이 쏟아졌다. 타인을 위해 진심을 다한 기도는 고스란히 내게 돌아와 나를 따스하게 안아주고 위로해주었다. 알지 못하는 누군가의 간절한 기도와 사랑 덕분에 나 역시 지금까지 올 수 있었다. 나 혼자만의 힘이 아니었다.

'수면제를 끊기 시작하면서 1년째 잠을 거의 못 자는 생활을 하고 있으니 힘들고 지칠 수밖에 없어. 하루만 못 자도 짜증나고 괴로운데 1년을 그렇게 살고 있으니 힘든 건 너무 당연해. 괜찮아. 잠을 잘 자면 분명히 나아질 거야. 수면제도 언제 끊을 수 있을지 몰랐는데 끊었는걸. 잠을 잘 잘 수 있는 날도, 금단증상이 사라지는 날도 분명히 올 거야.'

타인의 위로와 격려가 아니었다. 단지 스스로 위로하고 다독였을 뿐인데 어떤 위로보다 나를 크게 감싸며 힘을 주었다. 나를 이해하고, 사랑하고, 위로하고, 살리고, 변화시키는 가장 강력한 에너지원은 바로 나였다.

Chapter 7

나를 진심으로 사랑할 기회

:

왜 이렇게 절실하게
수면제를 끊으려고 할까?

'난 왜 이렇게까지 수면제를 끊으려
고 할까? 왜 이토록 절실하지? 특별한 계기가 없는데, 왜?'

죽음을 각오한 절실함이 없었다면 성공하지 못했겠지만 왜 이렇
게 절실했을까? 약을 복용하며 살던 때도 그리 나쁘지 않았으니 굳
이 무리할 필요가 없었다. 오히려 졸민과 스틸녹스를 끊고 정신을
차리지 못하던 시기에 막심한 경제적 손실을 입었고, 도처에서 크고
작은 실수를 해서 오해를 받기도 했다. 일은커녕 몸 하나 제대로 가
누지 못하는 동안 아이들의 불안과 우울은 가중되었고, 매사가 첩첩
산중이었다. 좋아지기 위해 시작한 단약인데 매일 서너 걸음씩 늪으
로 빠져들어가는 것 같았다. 만신창이라는 단어로도 부족할 만큼 몸

과 마음이 갈기갈기 찢어졌다. 어떻게 이럴 수 있나 싶을 정도로 모든 상황이 믿기지 않았고 도망갈 수만 있다면 멀리 도망가고 싶었다.

나를 사랑하고 싶었고 알고 싶었지만 알 수 없어서 방황했다. 피해자가 아닌 나로 살고 싶었지만 어떻게 살아야 하는지 알 수 없어서 공허했다. 자취를 감춰버려 흔적조차 없다고 생각한 사랑이 생존신고를 하며 보낸 신호가 수면제였다.

'수면제부터 끊자.'

왜 끊어야 하는지 제대로 알지 못한 채 단약에 첫발을 내딛도록 인도한 것은 사랑이었다. 세상에 단 하나뿐인 나를 처음으로, 제대로, 진심으로 사랑할 수 있는 마지막 기회일지도 몰랐다. 이 기회를 놓칠 수 없었다. 단약을 포기한다는 것은 나를 포기하는 것과 같았기 때문에 결코 포기할 수 없었다.

사랑은 노력만으로 얻을 수 있지는 않지만 사랑을 쌓고, 그것을 잃지 않기 위해서는 그것을 지켜내는 과정과 수고를 거쳐야 주어지는 것이 사랑이었다. 무시하고 싶던 과정과 수고를 통해서 주어지는 열매가 바로 사랑이었다. 쉽고 간단하게 얻을 수 없기에 삶에서 가장 소중하고 가치 있는 열매가 바로 사랑이었다. 수면제 대신 나를 찾고, 사랑을 회복하고, 자유를 누리고 싶었다.

'내 사명은 무엇일까? 정말 하고 싶은 것은 무엇일까? 가장이라는

책임감에 돈을 버는 것 말고 난 무엇을 꿈꾸던 사람이었나?'

한참을 잊었는데 사랑을 회복하며 희망 없는 절망 속에서 꿈은 다시 피어났다. 처한 현실과는 맞지 않게 꿈이 무엇인지, 절실함의 근원이 무엇인지 생각하다니 조금 어이없기도 했지만 기묘하게 그럴수록 꿈에 다가가고 싶은 열망은 커졌다.

약을 끊고 나서 아무것도 달라지지 않은 삶이 속상했지만 시간이 지날수록 원하는 삶과 인생의 목표에 대한 생각이 구체화되었다. 하지만 진정한 꿈과 사명은 보일 듯 말듯 안개 속에서 아련했다. 꿈과 직업은 동일하다는 고정관념에 사로잡혀 스스로 몸을 컨트롤할 수 있는 상태가 되면 어떤 일을 하고 해야 할지에 초점을 맞추다 보니 앞이 막막했다.

'나는 어떤 일을 하고 싶고, 할 수 있을까? 사람들을 변화시키는 일을 하고 싶은데 어떻게 해야 할까?'

'꿈과 직업이 동일해야 할까? 꿈과 직업이 반드시 일치할 필요는 없는데 왜 직업으로 한정 지었을까? 일단 직업과 꿈을 분리해보자. 하고 싶은 건 많은데 그 막연한 것 하나하나가 전부 꿈일까? 모든 것을 다 이룰 수 있을까? 어떻게 이뤄야 하지?'

꿈과 비전에 대해 생각하던 중 왜 이렇게까지 약을 끊고자 치열하게 왔는지 노트에 적어보았다.

"사랑이 나를 일으켰고⋯ 사랑으로 회복되었고⋯ 나를 사랑하고⋯ 하고 싶은 일들은⋯."

'그다음은? 왜 이렇게까지 약을 끊으려고 한 거지?'

잡힐 듯 잡히지 않고 정리가 되지 않던 꿈이 조금씩 정리가 되기 시작했다. 작성하던 노트에 미친 듯이 써내려갔다. 마치 신대륙을 발견한 콜럼버스가 된 기분이었다.

'꿈. 꿈을 이루는 과정에서 약을 끊는 게 꼭 필요했어!'

수면제를 끊고자 했던 절실함과 사랑의 근원은 꿈이었다. 무의식에서는 꿈을 이루는 과정에 수면제 단약이 선행되어야 한다는 것을 알고 있었다. 뿌연 안개 속에 가려져 있던 꿈이지만 내면에서는 꿈에 대한 열망이 계속 꿈틀대고 있었다. 내가 꿈을 인도한 것이 아니라 잠자고 있던 꿈이 7년간의 잠에서 깨어나 나를 인도했다. 꿈이 수면제를 끊게 했고, 꿈에 대해 알고 싶고 찾고 싶어 하는 마음과 맞닿아 드디어 만날 수 있었다.

단순한 꿈이 아닌 인생의 목적을 찾고 싶었다. 꿈이나 직업이라는 단어로 설명할 수 있는 것이 아닌, 삶의 목적을 찾기 위한 여정 가운데 수면제 단약이 있었을 뿐이다. 꿈을 향해 전진하고 싶고, 목적이 있는 삶을 살고 싶고, 의미 있는 삶을 살고 싶은 열망이 컸다. 그런데 내면의 열망과 달리 방황하면서 목적 없이, 목표 없이 살았다. 사람들을 변화시키고 살리고 싶다면 내가 먼저 변화해야 했다.

하나님께서는 날개를 가진 사람만 벼랑 끝으로 내몰고 낭떠러지
아래로 그냥 밀어버리신다.
그래야 그가 날개를 활짝 펴고 날아오를 테니까.
인생의 벼랑 끝에 몰린 사람, 벼랑 아래로 추락하고 있는 사람들에게
하고 싶은 말이 있다.
지금 당신은 꿈의 날개를 펴야 할 시간이다.

_《이지성의 꿈꾸는 다락방 2》, 이지성

:

지금,
그 어느 때보다 예쁘다

걷는 것이 일상으로 깊숙이 들어온 여름날 저녁이었다. 우리 근처에서 서성이던 할아버지 한 분이 아이에게 말을 건네셨다. 아이와 몇 마디 주고받더니 내게도 말을 거셨다.

"아들이 4학년이라면서요? 그럼 몇 살인가? 엄마는 50대예요?"

"40대예요."

나를 힐끔힐끔 쳐다보며 아이에게 자꾸 말을 붙이는 것도 싫었는데, 이럴 수가 내가 50대라니!

'눈이 삐었나봐. 마스크를 썼다고 해도 어떻게 이럴 수 있지? 아무리 할머니들이 즐겨 입는 헐렁한 고무줄 바지를 입었다 해도, 화장을 안 했어도, 염색을 안 해서 흰머리가 잔뜩이라 해도 어떻게 내 나이보다 열 살이나 위로 볼 수가 있어?'

그 자리를 뜨려던 찰나였기에 인사를 한 후 지나쳤고 최대한 평정심을 유지하며 아이에게 물었다.

"혹시 엄마가 할머니처럼 보여? 솔직하게 얘기해도 괜찮아."

"아니, 왜? 누가 할머니 같다고 그래?

"아까 만난 할아버지가 엄마 나이를 많게 봐서 솔직히 기분이 좀 그래."

"엄마, 그 할아버지 시력이 나쁘신가봐. 지금 어두워서 그래. 아니면 이상한 분이야. 이렇게 예쁘고 젊은 할머니가 어디 있어? 머리카락이 약간 하얘서 그렇지. 그 할아버지가 잘못 보신거야."

아이가 어떠한 답을 할지 알고 있었다. 뻔한 답이지만 그 말이라도 듣고 싶었다. 절대적으로 내 편이 되어주는 아이답게 아이가 더 펄펄 뛰면서 세상에서 제일 예쁜 엄마라고 이야기해주었지만 듣고 싶은 답을 들었음에도 마음이 편치 않았다. 안 그래도 조금 살만해져서인지 염색을 하고 머리를 자르고 싶었다. 이런 욕심을 낼 수 있는 사실만으로도 감사했지만 더 생생하게 나를 표현하고 싶었다.

집에 와서 거울을 찬찬히 들여다봤다. 거울을 보며 억지로 소리내어 말하고 웃는 연습을 하기 전까지는 금단증상으로 지치고 피폐해진 모습을 보고 싶지 않아 최대한 거울을 보지 않았다. 거울에는 나이 들고 후줄근한 내가 보였다. 깊어진 주름과 잡티에 오래도록 자란 머리카락은 절반이 새하얬다. 주체할 수 없이 땀이 흐르는 목에는 커다란 손수건이 둘둘 감겨 있고, 후줄근하게 늘어난 긴 팔 티셔츠와 헐렁한 고무줄 바지를 입은 모습은 이상하게도 볼만 했다.

힘든 시간을 보내고 있는 현재 상태를 여실히 보여주고 있었지만 후줄근한 옷을 입으면서도 늘 기쁘고 감사했다. 예전에는 들고 다니는 것이 민망해서 선물을 받고도 보관만 하고 있던 형형색색의 손수건들이 있어서 식은땀이 줄줄 흐르는 목에 두를 수 있었다. 촌스럽다며 서랍 한편에서 자리만 차지하던 손수건들인데, 가장 힘든 순간에 선물에 깃든 사랑과 정성을 되짚어보며 감사할 수 있었다.

여름 한철 잘 입고 다 늘어나버린 고무줄 바지는 또 어떤가? 알뜰한 엄마조차 버리라고 한 고무줄 바지였다. 하지만 이만큼 입고 벗기 편하고 시린 다리를 감싸주면서 걷기 편한 바지가 없어서 줄곧 세탁해 입었다. 누가 봐도 이상하고 나이 들어 보일 수밖에 없는 차림과 모습이었지만 입술이 찢어져라 크게 미소를 지으며 거울 속의 나에게 말했다.

"윤주야, 넌 지금 그 어느 때보다 예뻐. 넌 앞으로 더 예뻐지고 더 건강해질 거야."

약을 모두 끊은 날, 아직 조금은 불편하더라도 비비크림을 바르고 눈썹 정도는 그려보자는 마음으로 기본적인 화장을 시작했다. 단약하면서 삶의 기본적인 것들이 대부분 불가능했기 때문에 눈썹을 그리는 것도 잊고 있었다. 기본적인 일상을 회복하기 위해 눈썹을 그리고 비비크림 바르기를 하루의 목표로 삼았다. 저녁마다 이룬 목표를 지워가며 다시 새로운 하루의 목표로 '눈썹 그리고, 비비크림 바르기'를 적었다.

매일 비비크림을 바르고 눈썹 그리는 것을 목표로 삼을 줄 누가 알았을까? 위대한 목표는 따로 있는 것이 아니라 내가 성취하는 목표가 곧 위대한 목표였다. 대단한 목표는 아니지만 목표를 이루고 나서 매일 저녁 목록을 하나씩 지우며 큰 희열을 느꼈다. 성취의 기쁨은 새로운 도전을 가능하게 했고, 매일 조금씩 어제보다 나은 하루를 살면서 발전하는 내가 기특했다.

한 달 정도 꾸준히 화장을 하니 목표로 세우지 않아도 외출 시 화장하는 것이 익숙해졌고 다음 목표인 미용실에 가서 머리 하기에 도전했다. 길게 자란 머리카락을 자르고 염색할 생각을 하니 가슴 벅차고 설렜다. 하지만 지하철로 한 시간 정도 가야 하는 거리 때문에 선뜻 나서기가 망설여졌다.

'지하철에 자리가 없으면 어떡하지? 숨이 막히면 어떡하지? 멀미

하면 어떡하지?'

그럼에도 불안이나 걱정보다 설렘이 더 컸다. 일상생활이 다시 가능해지는 것만으로도 이렇게 설레는데… 매일 설렘 속에서 지내다 보니 설렘을 망각하고 지냈다.

'하나님, 다시는 지금의 감사와 마음을 놓지 않게 해주세요.'

다행히 지하철을 탄 지 얼마 되지 않아 자리가 생겼다. 멀미도 나지 않았다. 무사히 도착지의 지하철 역 밖으로 나가서 마치 여기에 처음 와본 사람처럼 간판과 상점, 도로, 거리의 모든 것을 하나하나 뜯어보며 눈에 담았다. 크게 심호흡 하며 오랜만에 마주하는 공기를 천천히 들이마셨다. 일상의 소중함을 깨닫고 하루하루 주어진 삶에 감사하지만 역시 이런 도심의 공기를 마셔야 하는 도시 인간이라는 싶은 생각에 슬그머니 웃음이 나왔다. 사람들이 반가웠고 거리의 많은 사람 중 한 사람이 나라는 사실이 너무 기뻐서 아무나 붙잡고 춤이라도 추고 싶었다.

미용실에서 염색을 하고 조금 지나니 몸이 괴로웠다. 몸의 각 부위를 어떻게 이완하고 수축해야 하는지 갈피를 잡지 못하는 뇌가 긴장하는 터에 온몸의 근육들이 터질 듯 아팠다. 긴팔 옷을 입었음에도 팔과 다리가 시리다 못해 떨어져 나갈 것만 같았다. 식은땀이 흐르고 호흡이 살짝 가쁘고 시야가 흐려지면서 두통까지 심해졌지만 좋아지고 있음을 믿으며 확신했다.

'난 건강을 선택했어. 금단증상에서 반드시 자유로워질거야.'

집으로 돌아가기 전 거리의 풍경을 최대한 눈에 담고 싶어서 일부러 지하철역을 천천히 돌아서 들어갔다.

'얼마든지 거리를 다닐 수 있고, 일상생활을 할 수 있어. 내가 할 수 없는 것은 이 세상에 아무것도 없어.'

또 하나의 목표를 이룬 날이었다.

≫×◇×≪

"어머나, 정말이요? 정말 대단하세요. 너무너무 축하드려요!"

코로나19와 심해진 금단증상으로 한참 동안 심리상담 센터에 가지 못했다. 몇 달 전보다 좋아진 모습으로 나타나서 약을 모두 끊은 사실을 말씀드리니 원장님께서는 매우 기뻐하셨다.

"약을 끊고 싶어 하는 내담자들이 있는데 아무도 끊지 못하고 있어요. 윤주 님처럼 걷거나 책을 읽거나 활동하지 않아요. 어떻게 하면 그분들을 움직이게 할 수 있을지…. 약을 먹고 간신히 병원과 상담만 다니는 게 대부분이에요. 여기 오는 것 자체도 힘들어하시니 너무 안타까워요."

"원장님, 저도 돕고 싶어요. 어떻게 해야 하는지 갈피를 잡았어요. 보다 수월하게 약을 끊고 이겨낼 수 있는 방법을 알았는데 블로그에 문의하는 사람들조차 제가 한 것들을 권유해도 하지 않아요. 저도 사람들을 어떻게 실행하도록 도울 수 있을지 생각하고 있어요."

죽음의 유혹을 이겨내고 금단증상을 겪으면서 끊임없이 마음에 품게 된 생각과 꿈이었다.

'반드시 남아 있는 금단증상을 이겨내서 사람들이 나처럼 힘들어하지 않도록 도울 거야.'

블로그를 통해 어떤 분이 메시지를 보내왔다.

"단약하고 금단증상으로 고생했다고 하셨는데 혹시 불면 말고 다른 증상은 어떤 것들이 있었나요? 저는 초조, 불안, 오한이 있고 들었던 노래가 머릿속에서 자꾸 반복돼요."

나는 이렇게 답했다.

"많이 힘드시겠지만 제 다른 포스팅을 찬찬히 하나씩 보시겠어요? 저는 안 겪은 증상들이 없고 지금도 겪고 있어요. 자살 충동, 발열, 두통, 오한, 근육통, 복시, 기억력 장애, 브레인 포그, 감각 이상, 극한 피로감, 식은땀, 왼발과 오른손 통증, 빈맥, 부정맥, 과호흡, 구역, 구토, 빈뇨, 소화불량, 이명, 불안, 심한 우울증… 셀 수도 없이 겪었고 지금도 겪고 있어요. 단약을 시작한 지 얼마 되지 않았던 2019년 여름과 가을에 폐인 생활을 하고 좀 나아졌다가 2020년 3월 환인 클로나제팜 단약 후 집에서 기어 다녔고 세수도 양치도 못할 지경이었어요. 금단증상으로 적힌 것들은 아마 다 겪었을 거예요.

지금도 두통, 손과 발의 통증, 근육통, 식은땀, 오한, 심한 피로감 등이 남아 있어요. 집에서는 수면 양말을 신고, 다리 쪽은 두꺼운 이불을 덮고 자요. 체온조절이 거의 안 되는 상태예요. 제 글 '발전해가는 과정 #6'부터 보시면 상세히 나와 있으니 참고하시면 도움이 될 거예요.

저도 자살 충동이 심했을 때 자꾸 눈앞에 베란다로 떨어지는 모습이 떠올라 너무 무서웠어요. 그래서 어떤 심정이실지 충분히 이해할 수 있어요. 너무너무 힘드시겠지만 약을 다시 잠깐 증량했다 줄여도 되니 최대한 마음을 편히 가져보세요. 저는 미련하게 견디는 쪽으로 버티고 좋아졌지만 증량했다가 서서히 감약해가는 것도 괜찮아요.

매일 기도하고 있어요. 저도 단약하기까지 1년 걸렸고 아직도 힘들지만 그래도 끊었어요. 장마라서 상황이 안 되지만 조금이라도 걸으면 훨씬 많은 도움이 되니 최대한 밖에 나가서 걷는 것을 추천해요. 걸으면 초조, 불안, 오한도 훨씬 나아져요. 더 열심히 기도할게요!"

내 답장에 그분은 이렇게 화답했다.

"제가 겪고 있는 부작용 가운데 머리에서 자꾸 노래가 반복적으로 들리는 게 이명인가 보네요. 정말 고생하셨네요. 상상조차 하기 힘들어요. 꼭 이겨내셔서 모든 사람에게 희망이 되어주세요. 이미 충분히 잘하고 계시지만… 정말 진심으로 응원할게요!"

네 코가 석 자인데
희망을 준다고?

        이혼의 위기 속에 처절하고 절실하게 하나님을 찾았지만 하나님은 나를 지켜보고 계신 것 같지 않았다. 감당할 수 있는 십자가만을 주신다는 것을 알고 있었지만 이혼 당시 내게 주신 그 말씀이 세상에서 가장 듣기 싫은 말이었다. 도저히 감당할 수 없었고 추운 겨울날 맨몸으로 길바닥에 내쳐진 고아의 심정으로 원망하며 매달리고 울부짖었다.

    '저는 감당할 만한 사람이 아니에요. 이런 고통은 견딜 수 없어요…. 왜 보고만 계세요? 저는 지금까지 성실히 살았고 제 가정과 아이들, 남편을 섬기며 살았는데 대체 왜요? 도저히 견딜 수 없어요….'

나는 수면제를 끊었습니다

아이의 구순구개열과 ADHD로도 충분하지 않은가? 대체 왜 모든 불행은 나에게만 오는 걸까? 나한테 왜 이러는 걸까? 세상에 나보다 불행하고 불쌍한 사람은 없는 것 같았다.

'고통을 겪은 뒤 다른 사람들에게 희망이 되어주어라. 희망이 되어라.'

대체 이게 무슨 소리지? 내가 미친 걸까? 어떻게 이 상황에 남들에게 희망을 줄 수 있을까? 가당치 않았다. 결코 내 생각과 마음이 아니었다. 하나님의 뜻이라는 것을 알 수 있었지만 어떻게 이런 말씀을 주실 수 있는지 기가 막혔다. 전혀 와닿지 않았고 이해할 수 없는 메시지였지만 너무나 선명해서 잊을 수 없었고 또한 잊으면 안 될 것 같아 그날 일기에 적어두었다. 대체 이 말씀은 무엇을 의미할까?

숨 쉬고 있지만 전혀 살아 있다는 의식이 없는 지옥 같은 삶을 더 이상 견딜 수 없어서 이혼을 선택했다. 이혼한 지 2년 정도 되었을 때 친한 언니를 만나서 대화하던 중 이때의 메시지가 불현듯 떠올랐다.

"언니, 이혼으로 고민하고 기도할 때 '다른 사람들에게 희망이 되어주어라'라는 말씀이 마음 가운데에 있었어. 도저히 내 생각은 아닌데 너무 강렬해서 잊을 수가 없었어. 눈물, 콧물이 뒤범벅되어 기도하는데 그런 말씀이 있더라. 하나님께서 주신 말씀이지. 지금 고생하는 것도 먼 훗날 성공했을 때 사람들에게 희망을 주기 위해서 그런 거라고 믿어. 희망을 줄 수 있다는 건 그만큼 고난과 고통의 시간을 겪고 이겨내야 가능한 거잖아. 고난과 고통이 있는 성공스토리가 마음을 울리는 것처럼 희망이 되려고 이러는 거야."

"야, 아서라, 무슨 희망? 네 코가 석 자인데 남들한테 희망을 준다고? 그래, 알지…. 근데 언니가 너무 속상해서 그래…."

당장 내 코가 석 자인데 남들한테 희망을 주다니… 말하면서도 한편으로는 나도 어이없었다. 과연 무슨 희망을 줄 수 있을지, 그런 자격은 되는지 생각만 해도 어처구니없고 황당했다. 하지만 이 말은 오랫동안 내 가슴 깊이 새겨져 있었다. 가끔 하나님을 원망했지만 화가 나는 순간에도 이 역경을 견디면 무엇인지는 모르지만 분명히 다른 사람들에게 희망을 줄 수 있다고 믿었다. 희망은 스스로 외친다고 되는 것이 아니라 타인이 나를 보면서 자연스럽게 품는 마음인데 무슨 수로 희망이 될 수 있을까? 막연히 언젠가 성공하면 그런 순간이 오리라 믿었는데 블로그에서 답을 보았다.

'꼭 이겨내서 모든 사람의 희망이 되어주세요.'

메시지를 보는 순간 심장이 요동치고 망치로 머리를 한 대 맞은 것 같았다. 생면부지의 사람이 내게 희망이 되어달라고 부탁했다.

그 당시에는 전혀 이해할 수 없는 말씀이었다. 헌데 7년을 거쳐 그 말씀이 이루어지는 것을 목도하다니 온몸에 소름이 끼치고 전율이 흘렀다. 하나님의 뜻은 일개 인간이 알 수 없지만 내가 하나님을 외면했던 순간에도 하나님은 나를 결코 외면하지 않으셨다는 것을, 하나님의 뜻은 시간이 걸리더라도 분명히 이루어진다는 것을 깨달았다. 내 힘과 의지로 이 시간들을 견디고 이겨낸 것이 아니라는 사실을 깊이 깨달으면서 깊은 뜻을 깨닫게 하심에 감사했다.

왜 꿈에 대해 생각하고 사람들의 인생을 바꾸는 삶을 살고 싶은 강렬한 비전이 솟아올랐는지 뫼비우스의 띠처럼 모두 연결되어 있었다. 내가 꾸는 꿈은 결코 나 혼자 꾸는 꿈이 아니었다. 나와 함께 앞으로 꿈을 확장시켜나갈 많은 사람의 소망이 담겨 있는 위대한 꿈이었다. 약을 끊기 위해 지녔던 절실함, 수면제를 끊으며 꿈을 찾고 꿈을 향해 달려온 이 시간 동안 우연은 하나도 없었다. 7년간의 아픔이나 1년 넘게 겪은 지옥 같은 단약 과정, 고난과 기쁨 그 어느 것 하나 우연은 없었다.

엄마 좀 그만 괴롭혀

　　어떤 상담 치료에 데려가도 좋아지지 않던 아이들이 회복되고 있었다. 정확히 표현하자면 단약의 과정을 통해 내가 삶을 바라보는 관점이 달라지니 아이들에게도 변화가 일어날 수밖에 없었다. 지난 7년간 나만 힘든 것이 아니었는데 약을 끊기 시작하면서 아이들의 아픔이 비로소 새롭게 눈에 들어왔다. 항상 최선을 다한다는 면죄부를 스스로에게 주며 아이들만 원망했다. 그러나 내가 생각한 최선은 오로지 내 생각 안에만 존재하며, 나만을 위한 정답이 정해져 있는 최선이었다. 현실은 내 뜻과 전혀 달랐고 괴리감이 큰 만큼 좌절 역시 컸다. 오직 나에게 맞춘 최선임에도 인정하지 않았고 깨닫지 못했다.

아이들의 ADHD와 틱, 이혼 후 심해진 불안과 우울은 당장 바꿀 수 없지만 서로간의 관계와 사랑은 분명히 회복할 수 있는 부분이었다. 따라서 ADHD와 틱, 불안과 우울은 일단 놓아두고 관계를 회복하는 데 초점을 맞추었다. 모든 불면증 환자가 수면제를 복용하지 않듯이 ADHD나 틱, 불안과 우울이 있는 가정이 모두 다투며 사는 것은 아닐 테니까.

산만하고 잠시도 가만히 있기 힘든 둘째와 우울과 불안으로 꼼짝하지 않는 큰아이, 드러나는 양상은 서로 달랐지만 두 아이 모두 예민함이 지나쳤고 격한 말과 행동을 일삼았으며 늘 불안해했다. 몸은 상처투성이였고 충동성과 함께 조절 능력은 떨어졌다. 별문제 없이 보통 아이들을 키우는 엄마와 가정이 항상 부러웠다. 그러면서 생각한 것은 놀이 치료, 감각 통합 치료, 사회성 치료 같은 아이들의 치료와 상담이었고 그것으로 나는 특이성을 지닌 아이들을 위해 최선을 다한다는 착각에 사로잡혀 있었다.

치료의 시간이 길어짐과 동시에 호전을 체감하는 것이 기대하는 답이었지만 아이들은 점점 더 소리 지르고 싸우며 원망하는 것이 일상으로 자리한 지 오래였다. 4살부터 지금까지 막대한 시간과 비용을 쏟아붓는데 왜 좋아지지 않는지 치료가 부족하다는 생각이 들었지만 더 이상 다른 치료를 추가하는 것은 경제적으로 부담스러웠다.

더 많은 치료를 해주지 못하는 상황이 속상했고 그러다 결국 아이들이 편해진다는 권유에 따라 먹이고 싶지 않던 약도 먹여봤다.

나를 돌아보지 않은 채 모든 이유와 해답을 외부에서 구하고 찾는 데 노력을 기울였다. 내가 힘든 것 이상으로 힘들고 괴로운 시간을 보내는 아이들은 생각하지 않고 내가 기울인 노력과 최선만 생각하며 아이들을 원망했다.

'엄마는 잘하고 있는데 더 이상 어떻게 하라고…. 대체 너희는 왜 그러니? 엄마 좀 그만 괴롭혀….'

대놓고 말한 적은 거의 없지만 아이들이 다투고 싸울 때마다 입 안 가득 차올라 기관총처럼 쏘아대고 싶은 말이었다. 하지만 금단증상을 겪으면서 쏘아대고 싶지만 억지로 참아왔던 말 대신 눈을 감거나 뜨거나, 앉거나 눕거나, 내 뜻대로 몸을 움직이고 돌아누울 수도 없는 고통에 부들부들 떠는 순간에도 반드시 입으로 소리 내어 하고 싶은 말이 떠올라 떨어지지 않는 입술을 간신히 떼며 말했다.

"하나님, 저는 아이들을 진심으로 사랑해요."

금단증상을 겪으며 하도 울어서 더 이상 나올 눈물이 없을 것 같았는데 누워 있는 얼굴에 하염없이 눈물이 흘러내렸다. 끝까지 지키고 보호해주고 싶은 사랑하는 내 아이들.

7년 전, 더 이상 버틸 힘이 없다고 느끼면서 할 수 있는 것이 아무것도 없다는 극한 좌절감에 무모한 일을 시도했던 적이 있었다. 혹시나 내가 죽어 있는 모습을 보면 모든 상황이 원상태로 돌아가지 않을까 싶어 스틸녹스를 한꺼번에 대여섯 알 정도 삼켰다. 삼키자마자 남겨질 아이들의 모습이 떠올라 바로 변기로 뛰어가 손가락을 입 안에 최대한 쑤셔 넣어 약을 토했다. 인생에서 단 한 번, 죽음을 포장지 삼아 상황을 바꾸고 싶을 정도로 절박했고 절망하던 시기였다.

그 순간 나를 지키고 살려준 것은 아이들이었고, 자살 충동으로 인해 끔찍한 공포를 느꼈을 때도 아이들이 눈앞에 어른거렸다. 그토록 사랑하며 나를 죽음에서 살려준 아이들인데도 상황에 사로잡혀 사랑의 무게만 느껴온 시간들이었다.

"얘들아, 사랑해."

사랑한다는 말 뒤에는 항상 앙금이 남아 있었다.

'엄마는 너희를 사랑해. 그런데 너무 힘들어. 너희는 엄마를 너무 힘들게 해.'

아이들은 몰랐지만 내 사랑은 원망이 담긴 사랑이었다. 삶을 포기하고 싶을 정도로 힘든 이혼과 지옥같이 고통스러운 단약 중에도 아이들은 내가 살아야 하는 이유이자 버팀목이었다. 그러면서도 나를 힘들게 하고 화나게 만든다는 화살 역시 아이들에게 돌렸다. 스스로 끊임없이 불행하고 화나게 만들었지만 깨닫지 못했다. 단지 아이들의 ADHD와 틱, 불안과 우울이 사라지면 다른 가정들처럼 화목하게 지낼 수 있을 것만 같았다.

모든 원인을 아이들에게 돌리면 굳이 수면 위로 나를 떠올리지 않을 수 있었다. 그렇게 나를 인정하지 않는 시간이 길어질수록 아이들에 대한 원망은 커졌고 관계는 더욱 악화되었다. 우리가 몸에 상처를 내면서 싸우고 할퀴고 발로 차고 파출소에 가고 길에서 가방을 집어던지며 소리를 지르게 된 것은 결코 ADHD나 틱 때문이 아니었다.

"얘들아, 사랑해."

내 목소리는 비록 허공에서 사라져서 아이들은 듣지 못했지만 사랑은 사라지지 않고 돌아와 내 마음에 남아 있던 앙금과 원망의 찌꺼기를 깨끗이 비워냈다.

:

내 기준이
문제였을 뿐

앙금이 남아 있지 않은 사랑을 아이들에게 어떻게 표현하고 전할 수 있을까? 마음가짐은 달라졌지만 내 몸 하나 건사할 수 없는 폐인 같은 현실은 바뀌지 않았다. 주어진 현실에서 할 수 있는 실체적인 사랑에 집중하기로 했다. 나를 사랑하며 아이들을 사랑할 수 있는 방법은 바로 '걷기'였다.

집에서도 일어나지 않은 채 등으로 밀고 다니며 꼼짝하지 않는 큰아이는 걷지 않는 날이 많았다. 최대한 밖에 데리고 나가는 것부터 목표로 삼았다. 나가서 바로 들어오더라도, 혹여 싸우더라도 일단 신발을 신고 밖에 나가는 것에 의미를 부여했다. 큰아이와 함께 밖에 나갔다면 싸우든 다시 집에 들어오든 일단 성공이었다. 아이들의 불균형한 뇌가 당장 드라마틱하게 바뀌거나 갑자기 화목한 가정이 되지는 않겠지만 다른 선택은 없었다. 무조건 함께 나가서 움직이는 것만 생각했다.

또한 아이들에 대한 기준을 머릿속에서 지워버렸다. 일반적인 아이들, 문제없이 학교에 다니는 아이들, 우울하거나 무기력하지 않은 아이들, 격하지 않은 아이들, 불안하지 않은 아이들, 작은 스트레스에 아프지 않은 아이들, 과도하게 긴장하지 않는 아이들, 가만히 있는 것이 가능한 아이들, 먹고 씻고 입고 걷는 기본적인 삶이 힘들지 않은 아이들, 참는 것이 가능한 아이들 등 내 아이들과는 다른 모습으로 세워진 '일반적인 기준'과 비교하지 않기 위해 기존의 기준을 지워버렸다. 바보들 사이에 천재가 한 명 있으면 천재가 바보 취급을 받는 것처럼 일반적인 기준은 무의미했다. 우리는 모두 각자 다른 사람들인데 그동안 나는 특별하고 무한한 가능성을 지닌 아이들을 마치 부족하고 잘못된 사람처럼 보편을 앞세운 기준으로 평가하고 판단했다. 어느 한 부분은 넘치거나 부족한 세상의 모든 사람과 동일선상에서, 아이들을 ADHD라는 단어나 명칭으로 규정짓지 않고 서로 편안해지는 방법을 찾기로 했다.

아이들의 옷을 선물 받았는데 기존에 입던 옷과 달리 낯설고 새로운 방식으로 입는 옷이라면 어떤 마음이 들까? 어떻게 입어야 하는지 알지 못해서 선물의 가치나 고마움을 느끼기보다 당황스럽지 않을까? 더군다나 아이들에게 입는 방법을 가르쳐 주어야 하니 부담이 될 수밖에 없다. 하지만 그렇다고 해서 선물을 준 사람의 마음을 무시하거나 잘못된 옷이라고 비난할 수 도 없다. 입는 방법을 찾은 뒤 가르쳐주고 도와주면 차차 수월해질 수 있고 삶의 다양한 순간들이 그렇듯 여러 번 반복하면 모두가 편안해질 수 있을 거라고 믿었다.

엄마 손에 이끌려 밖에 나가는 것에 감사했고, 다리가 아프다고 짜증을 내면서도 걷는 것에 감사했다. 또한 건강하게 살아 있는 것에 감사했다. 함께 외출하려면 나가기 전부터 온 신경이 곤두서면서 화부터 났는데 눈앞에 살아 있는 존재 자체에 감사하니 다투더라도 앙금이 남지 않았다. 조금씩 걷고 움직이면서 내가 느끼는 성취감을 아이들 역시 느낄 수 있었다. 자연스럽게 대화하고 스킨십하는 와중에 사랑하는 가족이라는 깊은 유대감이 마음속에 다시 새겨졌다.

이혼한 뒤로 아이들과 몸으로 함께 놀아본 기억이 거의 없었다. 긴장 상태로 늘 지쳐 있으니 아이들끼리 알아서 놀기를 원했다. 놀이터에 가거나 심지어 여행을 가도 일을 놓으면 안 된다는 생각에 스마트폰에 온 신경을 쏟느라 노는 것도 쉬는 것도 아니었다. 제대로 함께 놀아본 기억은 대부분 아이들이 기억하지 못하는 어린 시절에만 있다는 사실에 새삼 미안하고 씁쓸했다. 하지만 생각나지 않는 추억을 더듬느라 애쓰기보다는 지금 함께하는 소소한 일상에 집중하기로 했다. 오늘 하루가 나와 아이들에게 새로운 추억으로 쌓이고 있으니 조바심 내지 않았다.

어떻게든 밖으로 나가니 걸을 수 있었고, 걷다 보니 자전거를 탈수 있었다. 자전거를 타고 가다 공원 벤치에 앉아 김밥을 먹으며 웃을 수 있었다. 하나를 이루고 나면 그다음을 생각할 수 있었고 도전할 수 있었다. 배드민턴을 치고, 물총으로 물놀이를 하고, 땅따먹기를 하고… 다음에는 무엇을 할지 각자의 의견을 나누었다.

나에게는 놀이가 익숙하지 않았다. 무엇을 해야 하고, 어떻게 놀아야 하는지 알지 못했다. 타고난 체력이 약하고 내향적이라서 몸을 움직이지 않고 조용히 음악을 듣거나 책 읽는 것을 좋아했다. 운동이나 움직임이 있는 놀이를 좋아한 적이 거의 없어서 아이들과 무엇을 해야 할지 난감할 때도 있었다. 그런데 외부에서 할 수 있는 것들은 의외로 많았고 재미 있었다. 질색하던 물총놀이를 아이들에게 먼저 제안하는 내 모습이 낯설었지만 행복했다. 그동안 해보지 않아서 몰랐고 익숙하지 않았을 뿐 나는 밖에서 노는 것을 좋아하고 즐기는 사람이었다.

그네와 시소를 타며 아이들과 함께하는 일상이 행복했다. 놀이에 대한 틀을 깨트리고 배우며 알아가는 시간이 감사했다. 아이들의 ADHD가 급격히 좋아진 것은 아니지만 우리가 이 상태를 편안히 받아들일 수 있는 경험과 지혜가 쌓이면서 사랑이 쌓였다. 그동안 아이들의 ADHD나 불안, 우울 때문에 서로 다투고 원망한 것이 아니라 내 시각과 태도가 문제였다. 함께 있으면 괴롭고 속상했던 시간은 어느새 즐겁고 행복한 시간으로 바뀌었고 함께 성장하는 시간으로 변화되었다.

Chapter 8

꿈을 이루며 사는 삶을 향해

：

무엇보다 나를
최우선으로

"학원에 오지 않았다고요? 지금 어디에 있는지 일단 찾아볼게요. 정말 죄송해요. 다시 연락드릴게요."

이제는 조금 편안해졌다고 생각했는데…. 아이가 많이 밝아지면서 1년간 쉬었던 영어학원에 스스로 간다고 해서 레벨테스트를 받으러 가기로 약속한 날이었다. 그런데 학원에 아이가 오지 않았다는 연락이 왔다. 대체 어디에 간 걸까? 그동안 아이들이 오지 않았다고, 늦었다고, 숙제를 하지 않았다고 어찌나 빈번히 전화를 받았던지 학원에서 전화만 오면 가슴이 조여들었다. 금단증상으로 고생하던 지난가을에는 성치 않은 몸을 이끌고 아이를 찾으러 다니다 감기에 심하게 걸려 앓아눕기도 했다.

한 시간 정도 아이를 찾다 포기하고 집으로 들어가기 전 벤치에 앉아 학원에 추후 다시 레벨테스트 일정을 잡겠다는 전화를 하고 끊었다. 학원에서 전화가 오면 별달리 할 말이 없어서 입에 달고 살던 '죄송하다'는 말을 등록하기 전부터 다시 시작하다니 머리가 묵직했다. 하지만 곧 벤치에 앉아 있는 내 모습과 아이를 찾으러 다닐 수 있는 몸에 감사했다.

배가 고프기 시작했다. 집에 들어가서 끓이다 말고 나온 김치찌개 냄비에 다시 불을 켰다. 모든 냄새에 과민해져서 냄새만 맡으면 밀려오는 구토에 배수구 곳곳에 락스를 매일 퍼붓다시피 한 것이 불과 몇 개월 전이었는데, 이제는 코끝에 감도는 음식 냄새에 꼬르륵 소리가 나면서 입 안에 침이 고였다.

"아, 맛있겠다! 감사히 잘 먹겠습니다."

아직은 어설퍼도 몇 달 전보다 월등히 수월하게 칼질을 하며 찌개를 끓이고 반찬을 만드는 손을 보며 안도했고 감사함을 느꼈다. 맛있게 밥 한 그릇을 다 비우는 순간에도 감사하다는 말이 절로 나왔다. 이런 상황에 밥이 맛있게 술술 넘어가면서 감사한 마음이 들다니 다른 것이 기적이 아니었다.

그동안 이런 일이 생기면 엄마라서 당연하다 싶으면서도 내가 왜 죄송하다고 해야 하는지 억울함에 화가 더해져 밥이 넘어가지 않았다. 밥은커녕 기도하면서도 왜 내 아이들만 이러나 싶은 원망과 속상함에 뜬눈으로 밤을 지새웠다. 그러나 이제는 아이의 일은 아이의 일로 남겨두고 감정에 휘둘리지 않은 상태로 맛있게 식사할 수 있으니 놀라운 변화였다.

집에 돌아온 아이에게 학원에 가지 않은 이유를 물어보니 평소에 가지 않던 놀이터에서 놀다가 레벨테스트를 깜빡 잊었다며 적반하장이었다. 하지만 기억나지 않았다는 아이의 말에 수긍하면서 화가 나거나 속상하지 않았다.

'좋아하는 미술 학원 시간도 가끔 잊는데 그동안 가지 않던 영어 학원이니 잊을 수 있어. 여태 죄송했는데 새삼스러울 것도 없지. 앞으로도 좀 더 죄송한 엄마를 하지 뭐. 어차피 죄송한 것, 기분 좋게 죄송하다고 하자.'

며칠 후, 영어 학원에 다시 레벨테스트를 보러 가는 날, 아이는 테스트를 보러 간다며 문자메시지를 보냈고 끝난 후에는 끝났다며 연락을 했다.

>XOX<

아이들을 데리고 가지만 걷는 시간은 철저히 나를 위한 시간이었다. 나의 건강과 회복을 위해, 나의 미래를 위해, 내 아이들과 우리의 행복을 위해 걷는 시간으로 무엇보다도 내가 최우선이었다.

남을 먼저 배려하고 양보해야 한다는 가르침에 타인의 감정과 생각을 우선시했고 내 감정과 생각은 늘 뒷전이었다. 타인에 대한 배려와 양보는 '선'이었고 내 감정과 생각을 앞세우는 것은 이기심이자 '악'이었다. 중간지대는 존재하지 않았다. 선과 악, 무엇을 선택해야 하는지에 대한 답은 늘 정해져 있었고 악인이 되면 안 된다는 두려움에 선택한 선은 선이 아니었다.

'모성애'와 '희생'이 동일어라는 왜곡에서 벗어나기로 했다. 난 모성애가 가득한 엄마가 아니라 '행복한 엄마'가 되고 싶었다. 아이들의 행복을 간절히 바라는 나처럼 아이들도 나의 행복을 소망할 것이라고 믿었다. 우리 엄마가 행복하기를 바라던 나처럼.

이혼하고 온전한 가족이 아니라는 미안함, 더 잘 돌보지 못한다는 죄책감 따위는 날려버렸다. 이만큼 했으면 충분했다. 나를 사랑하지 않으면서 아이를 사랑한다는 것은 거짓말이었다. 아이들이 자신을 사랑하는 사람, 행복한 사람, 삶의 가치와 목적을 아는 사람으로 자라길 바란다면 나부터 그렇게 사는 것이 순리였다. 내가 행복하고 나를 사랑하는 만큼 아이들도 그렇게 자랄 테니.

약을 끊은 뒤 내가 건강해지기 위해서 걸었고, 나의 지식을 쌓고 성장하기 위해 책을 읽었고, 아이를 키우는 데 있어 도움이 필요해서 아이들과 심리상담 센터에 갔다. 내가 맛있는 음식이 먹고 싶어서 요리를 하고, 내가 깨끗한 것이 좋아서 청소와 빨래를 하는 이기적인 엄마가 되었다. '아이들 때문에'가 아니라 '나 자신을 위해서'였다. 관점을 바꾸니 새로운 세상이 열리기 시작했다.

여름 내내 아이들은 나와 놀기 위해 학원을 빠지기도 하며 걷고 소풍을 갔다. 내가 책이 읽고 싶어서 간 서점에서 아이들도 책을 읽었고, 내가 놀고 싶어서 아이들과 놀았으며, 내가 공부하고 싶어서 공부하니 아이들도 따라서 공부를 했다.

아이의 틱 증상이나 산만함에 마음이 심란하면 내 마음의 평안을 위해 나가서 걷고 놀았다. 나를 우선순위에 두었더니 애쓰지 않아도 세상이 나를 중심으로 움직였다. 반찬을 먹을 때도 먹고 싶은 부분을 먹었고, 엄마는 안 먹어도 괜찮다는 거짓말을 하지 않으며 꼬박꼬박 3등분을 했다. 내 책부터 먼저 샀고 나를 위한 시간부터 확보했다.

그러면 안 된다고 생각했는데 나를 우선순위에 두고 아이들을 사랑했더니 나만 행복해진 것이 아니라 아이들의 삶 역시 풍요롭고 행복해졌다. 나를 사랑해야 타인을 진정으로 사랑할 수 있고, 타인 역시 나를 사랑할 수 있으며, 그 사랑이 점차 커져 서로 나누고 베풀 수 있었다.

　나를 사랑하는 것이 먼저였다. 나를 사랑하지 않으면서 타인을 사랑할 수 없었다.

:

내 삶 자체가
온통 기적이구나

끊기 위해 죽음의 사투를 벌이며 몸
부림치던 수면제와 항우울제를 모두 끊은 지 열흘이 되었다. 잠들기
직전에 먹어야 효과가 있기 때문에 7년간 머리맡에는 늘 생수병과
약이 있었다. 약을 먹지 않고도 잠을 잔다는 기쁨이 한순간에 크게
다가왔다. 생수병이 옆에 없어도, 자기 전에 약을 먹지 않아도 불안
하지 않았다. 여전히 두세 시간 정도 밖에 자지 못했고 잠들기까지
서너 시간이 걸렸지만 뇌가 정상화되면 좋아질 것을 확신하니 견딜
수 있었다.

걷고, 읽고, 쓰고, 감정 일기와 식단일지를 작성하고, 매일 작은 목
표를 세우고 이루며 아이들과 함께하는 평범한 일상은 그 어느 때보

다 촘촘하고 충만했다. 일상을 쫓아가기에 조바심 내지 않았지만 밀도 높은 삶이었다.

단순한 삶이 주는 풍요로움을 느끼고 하고 싶은 것에 더욱 몰입하기 위해 하지 않아도 되는 것들을 포기하고 비워냈다. 비우고 놓아보니, 비우고 놓아서가 아니라 실은 쥐고 있었기 때문에 불안한 삶을 살았다는 사실을 깨달았다.

평범하지만 단순히 평범한 일상이 아니라 꿈을 이루기 위한 1분 1초였다. 생각과 행동을 모두 변화시키고 매일 실행하는 삶을 살고 있으니 꿈을 이루는 것은 당연했다. 미래와 꿈에 대해 걱정할 이유가 없었다. 걱정할 시간에 걷고, 읽고, 쓰고, 공부했다.

꿈을 이루기 위해 지금 무엇을 어떻게 해야 하는지에 대해서만 몰입했다. 조급해할 필요가 없었고 조급하지도 않았다. 봄이나 지금이나 경제적인 가치만 놓고 봤을 때 여전히 돈을 벌지 못하는 가장이었지만 잉여인간이라는 생각이 들거나 불안하지 않았다. 봄이 되어 싹이 나고 잎이 자라 꽃이 피는 것처럼 때가 되면 자연스럽게 꽃이 필 테니 매일 주어진 하루를 충실히 보내는 것에 집중했다. 다른 사람들의 인생이 빛날 수 있도록 보다 현실적이고 체계적인 도움을 주기 위해서는 무엇보다 건강을 회복하고 공부해야 했다. 매일 성장하는 것보다 빠른 지름길은 없었다. 하루 한 걸음씩 나아가며 1년 후를

나는 수면제를 끊었습니다

기대했고 달라진 미래를 확신했다.

'지옥 같은 1년 동안 허상을 실상으로 만들었는걸. 지옥에서 벗어난 내가 할 수 없는 것은 아무것도 없어. 꿈은 모두 이루어졌어.'

성공에 대한 열망은 전두엽이 미래 기억을 통해 이미 성공한 자신의 모습을 보았기 때문에 생겨난다. 즉 미래의 어느 시점에 반드시 성공해 있는 사람만이 성공이란 꿈을 갖는다.

성공이 이미 결정되어 있음을 분명하게 알고 있는 사람은 하루하루를 발버둥 치면서 보낼 수 없다. 그는 아주 편안하고 행복한 마음으로 하루를 보낼 것이다. 자신이 성공한다는 것이 기정사실임을 잘 알고 있기 때문이다.

_《이지성의 꿈꾸는 다락방》, 이지성

엿가락처럼 길게 늘어지기만 하던 시간은 부족해졌고, 몸은 힘들었지만 하지 못하는 것보다 할 수 있는 것들이 늘어났다. 내 일상은 불과 몇 달 전까지만 해도 '할 수 있으면'으로 가득했었다.

'머리를 제대로 감을 수 있으면, 설거지를 할 수 있으면, 단추 달린 옷을 입을 수 있으면, 책을 볼 수 있으면, 식사를 제대로 할 수 있으면, 차를 타고 이동할 수 있으면, 글씨를 쓸 수 있으면….'

걷지 못할 것 같아 두려웠는데 만 보를 걷고 일상에 가까워진 삶을 누리게 되었다. 제육볶음을 만들고, 아이와 수제비를 반죽하고, 스파게티와 리코타 치즈를 만드는 다시 찾은 일상이 낯설면서도 재미있었다. 요리하고 먹는 것을 좋아했는데 먹는 것이 고문 같던 때를 생각하니 식욕이 돌아와 살이 붙는 게 마냥 기쁘고 감사했다. 여전히 불편하고 아프지만 음식을 만드는 손과 젓가락질을 하는 손가락이 고맙고 기특했다. 소소한 일상이 다시 짐처럼 느껴지지 않도록 이 마음을 잊지 않게 해달라고 매 순간 기도했다.

걷기 시작한 지 어느새 만 4개월이 되었다. 손이 아프다 보니 주욱 잡아당겨서 입어야 하는 레깅스는 꺼내볼 생각조차 하지 못했는데 문득 생각이 났다. 엄두를 내지 못하던 레깅스를 잡아당기며 감각이 이상하고 아픈 왼발부터 넣어보았다. 레깅스를 입고 움직이는 다리를 보면서 감사함에 눈물이 고였다. 이런 사소한 것 하나 하지 못했는데 일상이 온통 기적으로 채워지고 있었다. 아무렇지 않게 입고, 걷고, 웃고, 먹고, 잘 때는 한 번도 기적이라고 생각하지 않았는데 지금은 내 삶 자체가 온통 기적이었다.

땅끝에 가거나 특별한 수행을 하거나 천사를 만나야만 기적이 나타나는 것이 아니었다. 갑자기 초능력이 생기거나 세계 뉴스에 나올 만한 사건이 일어난 것이 아니라 일상을 찬찬히 누리며 평범한 삶을 살 수 있게 된 것이 전부였다. 평범한 삶이 기적의 삶이라는 진실을 깨닫기 위해 고통과 절망이라는 포장지로 싸여 있던 특별한 선물을 받았을 뿐, 나 자신이 기적이었고 늘 나와 함께한 일상이 기적이었다.

:

난 자유인이다

전날 아이들과 야외에 나갔다 마신
커피 때문에 밤을 꼴딱 새우고 일어나니 온몸이 말이 아니었다. 하
지만 뜨거운 볕에서 한참을 걷다 용기 내어 아이스커피를 마시며 보
낸 시간은 더할 나위 없이 즐거웠다.

만약 다시 어제로 돌아간다 해도 다른 음료가 아닌 커피를 선택할
것은 분명했다. 커피와 함께하는 최고의 행복과 기쁨을 선택한 어제
의 나를 존중하는 것 역시 오늘의 자책 대신 내가 할 수 있는 최선의
선택이자 행복이었다.

'그때는 그럴 수밖에 없었어. 그때는 그게 최선이었어.'

밤새 속이 울렁거렸고 다리의 경련과 함께 온몸이 긴장한 듯 근육

통으로 고생했다. 머리는 묵직하니 무거웠고, 식은땀이 흐르며, 감각이 이상한 곳들은 더욱 멍하거나 시리게 느껴졌다. 힘들어서 낮에 조금만 걸었음에도 극심한 피로감이 몰려와 요가 매트 위에 쓰러지듯 한참을 누워 있었다. 얼마 전부터 다시 바르기 시작한 비비크림의 퍼프가 갈라져 오늘의 목표 중 하나로 '퍼프 사오기'를 적었지만 정신없이 힘들어서 그만 잊어버렸다.

'오늘은 더 이상 못 움직이겠는데 내일은 자외선 차단제만 바를까? 아니야, 일단 사용하던 퍼프를 한 번만 더 쓰고 내일 새로 사자.'

내일의 목표로 다시 작성하면서도 퍼프를 사기 위해 '강제적으로'라도 나가 잠깐이라도 걸어야 한다는 생각이 머릿속에서 떠나지 않았다. 한계에 도달한 것 같아서 더 이상은 무리라는 생각에 현실과 타협하면 어떤 결과가 닥치는지 너무나 잘 알고 있었다. 몸을 일으켜 '퍼프 사오기'에 완료 표시부터 먼저 하고 곧바로 쓰던 퍼프를 쓰레기통에 버린 뒤 레깅스로 갈아입었다. 레깅스까지 갈아입었는데 안 나갈 수 없었다.

'너무 고통스럽고 힘들어서 세수도 할 수 없었는데 이제는 화장하고 메이크업 퍼프를 사러 나갈 수 있어. 때마침 퍼프가 갈라져서 다행이야.'

작은 강제성이 보다 큰 목표를 이루는 데 반드시 필요하다는 것을 퍼프 한 개로 크게 깨달았다. 커피를 마시고 혼쭐이 났지만 저녁에 다시 걷고 온 덕분에 전날처럼 뜬눈으로 고통의 밤을 보내지 않았다.

>×◇×<

"와, 뭐라고요? 약을 다 끊으셨다고요? 세상에! 어떻게 1년 만에 다 끊을 수가 있죠. 존경스러워요. 솔직히 처음에 오셨을 때 드신 약으로는 적어도 5년은 걸릴 거라고 생각했는데 어떻게 1년 만에 끊으셨는지 정말 대단하세요. 어떻게 끊으신 거예요? 아직도, 이 날씨에도 걸으신다고요? 장마 기간에도 걸으셨어요? 의지가 정말 대단하신데 의지 말고 또 어떤 게 있었을까요? 제가 참고하고 싶어서 그래요. 걷기와 절실함… 진짜 아무도 못 봤는데… 정말 대단하세요! 심리상담 센터 원장님도 이런 경우는 처음 봤다고 하시죠? 1년 만에 약을 모두 끊다니! 이건 환자들이 알아야 해요. 꼭 책 내세요. 진짜로 꼭이요. 환자들 오면 제가 전부 정윤주 님 책 권할게요."

약을 완전히 다 끊었다는 내 말에 정신과 원장님은 너무 놀라워하면서도 무척 기뻐하셨다.

이날을 얼마가 고대했던가? 승리의 날이 올 거라고 분명히 확신하고 믿었지만 대체 언제 오는지 알 수 없어 절망했고, 의심했고, 희망이 없다는 두려움에 떨었다. 10년보다 길었던 1년이었다.

"솔직히 병원에 계속 오지 않으셔서 몸이 많이 안 좋아져 입원이라도 하신 줄 알았어요. 약을 끊지 못하실 거라고 생각했거든요. 그동안 너무 고통스러워하시고 말씀하는 것조차 힘들어하셔서 진료하면서도 말을 붙이기 힘들었어요."

"저는 힘들었지만 한 번도 못 끊을 거라고는 생각하지 않았는데 원장님께서는 회의적이셨네요?"

"끊은 사람을 한 명도 본 적이 없고, 그 많은 약을 다 끊는다는 건… 솔직히 좀 불가능하다고…."

"아… 불가능하다고 생각하셨네요. 너무 고통스러웠지만 저는 제가 끊을 줄 알고 있었어요. 그런데 5년이나 생각하셨어요? 저는 1년도 너무 오래 걸렸다고 생각했거든요."

"1년 만에 끊는다는 건 진짜 말도 안 되는 거예요. 그런데, 정말, 대체, 어떻게 끊으신 건지 자세히 알려주시면 안 될까요? 그 많은 약을… 사람이 도저히 이렇게까지 끊을 수가 없거든요. 어떤 것이 동기부여가 되셨을까요?"

"원장님, 그동안 저 지켜봐서 아시잖아요. 처음에 올 때부터 약을 끊게 도와달라고 말씀드렸죠? 끊기로 결심했으니 끊어야 했어요. 열심히 걷고, 일기 쓰고, 매일 목표를 세워 하루를 규칙적이고 충실하게 살았어요. 긴 설명을 드리기는 힘드네요…. 그리고 이제야 말씀드리지만 작년에 졸민과 스틸녹스를 끊으면서 자살 충동이 심했어요. 그때 너무 무서웠어요. 죽고 싶지 않은데 약 때문에 죽을지도 모른다고 생각하니 너무 끔찍했죠. 어떻게든 살고 싶었어요. 이렇게 허무하게 살다 죽고 싶지 않았어요. 자살 충동은 한 달 정도 지나 사라졌지만 다시는 약 때문에 이렇게 고생할 수 없었고, 하고 싶지 않았어요. 약을 다시 먹으면 이런 고통을 또 겪게 된다는 생각에 뒤돌아볼 수 없었어요.”

“아이고… 그러셨군요. 고생 많으셨어요. 그래도 이렇게 좋은 날이 결국 왔어요. 진심으로 축하드려요. 앞으로는 좋은 일만 있을 거예요. 그동안 정말 수고 많으셨고 애쓰셨어요.”

“원장님께서 도와주셔서 할 수 있었어요. 정말 감사드려요. 그런데 사람들이 생각보다 수면제나 항우울제를 너무 쉽게 복용해요. 정신과 약을 이렇게 남용해도 되는지 많이 걱정스러워요. 제 블로그에 찾아오신 분들이 남기는 글들을 보면 약 먹은 것을 후회하고 괴롭다는 이야기들이 대부분이에요. 끊지 못해 더 괴로워해요.”

“그렇죠…. 실은 저도 처방하면서 이렇게 많은 약을 처방해도 되나 싶어 마음이 좋지는 않아요.”

병원 문을 나서며 드디어 모든 약을 끊고 정신과를 졸업한 것이 생생하게 다가왔다.

"난 자유인이다!"

：
일단 하자,
해보자

앞으로 어떻게 살고 무엇을 바라봐야 하는지는 단순 명확했다.

'남아 있는 금단증상들이 사라질 때까지 계속 걷고, 체력을 기르며, 주어진 일상에 충실하기.'

또한 지금까지 해온 것처럼 할 수 있는 범위 내에서 정신과 약의 위험성을 사람들에게 알려야 했다. 불면증과 우울증, 불안 장애 환자들은 점점 더 늘어만 가는데 약에 대해 제대로 알지 못한 채 복용하다 더 큰 고통과 위험을 겪게 내버려둘 수는 없었다. 정신과 대기실에서 보던 수많은 환자들, ADHD나 틱 등으로 어린 시절부터 약을 복용하는 아이들과 부모를 생각하면 숨이 막히고 가슴이 아팠다.

그 많은 사람들의 미래는 어떻게 될까?

지금까지 해온 것들을 구체화시키는 작업이 필요했다. 여러 가지 제약이 많은 내가 '무엇을, 어떻게' 구체화해서 알릴 수 있을지 고민했다. 정신과 원장님께서 몇 달 전부터 말씀하신 것처럼 책을 쓰고 유튜브를 하는 것에 대해 생각해봤지만 망설여졌다.

'큰 성공을 이루지 않은 나 같은 사람이 책을 써도 될까? 책을 쓴다 해도 어떻게 쓰지? 아직도 머리에는 먹구름이 잔뜩 끼인 것 같고 글로 표현하는 것이 수월하지 않은데…. 내가 유튜브 영상을 찍을 수 있을까? 매번 얼굴을 드러내야 하는 건 부담스러운데…. 그리고 아직은 내 뜻대로 컨디션을 조절할 수 없는데 어떡하지?'

더 힘든 수면제 단약을 해냈음에도 막상 생각해보지 않은 도전을 하려니 생각만 가득했다. 약을 끊을 때 이것저것 알아보고 심사숙고 했다면 과연 약을 끊을 수 있었을까? 오히려 끊지 못했을 가능성이 다분했다.

'일단 하자.'

무턱대고 약을 끊기 시작해서 해낸 것처럼 다른 사람들의 인생을 변화하도록 돕는 사람이 되기 위해 성공할 때까지 기다리지 않고 책을 써서 영향력을 넓히기로 마음먹었다.

고등학생 때부터 막연하지만 성공하고 싶었다. 성공과 성취에 대한 기준은 커가면서 조금씩 달라졌지만 사람들에게 좋은 영향을 끼치는 삶을 살고 싶다는 본질은 변하지 않았다. 단약 하는 과정 속에서 면밀히 마주하게 된 나는 가치에 대한 욕구가 생각보다 훨씬 크고 깊었다. 나는 누구나 소유할 수 있고 판매할 수 있는 재화가 아닌 보이지 않는 가치를 인정받고 그 가치에 따르는 공감과 부를 얻어야 행복할 수 있는 사람이었다. 따라서 시간이 걸리더라도 진정으로 원하는 길을 가기로 했다.

성공에 대한 소망을 지니기 시작했을 때부터 나는 성공해서 책을 쓴다는 말을 많이 해왔다. 오죽하면 아이의 구순구개열과 ADHD로 마음이 찢어지고, 이혼으로 힘든 시간을 보낼 때도 훗날 책의 스토리가 될 거라고 스스로를 다독였을까. 그토록 오래 간직한 열망인 줄 깨닫지 못했던 꿈을 더 이상 미루지 않기로 했다.

'언젠가 써보고 싶은 책을 '언젠가'로 미루지 말고 지금 당장 시작하자.'

이왕이면 지금보다 더 좋아진 상태에서 생각과 표현이 원활하고 자유로워졌을 때, 사람들이 인정할 만한 성취를 이룬 뒤에 쓰고 싶었지만 더 이상 고민하지 않고 시작했다. 노트를 펴고 책을 쓰는 목적에 대해 큰 포부를 가지고 써내려갔다.

- 스스로 자존감을 찾으며 꿈을 성취한다.
- 수면제와 항우울제를 비롯한 모든 정신과 약물의 오남용을 최소화하기 위해 아무도 제대로 알려주지 않는 정신과 약물의 폐해를 알리며 공론화시킨다.
- 약물로 인한 부작용과 금단증상을 최소화하는 데 도움을 준다.
- 정신과 약을 복용하더라도 끊을 수 있는 사실을 알린다.
- 부가적으로 약물에 대한 처방을 신중히 하는 제도와 단약에 도움이 되는 의료 시스템 구축에 대한 필요성을 인지시킨다.

꿈을 이룸과 동시에 내가 할 수 있는 캠페인이었다. 책을 쓰는 목적이 이보다 더 명확할 수 있을까? 늘 그렇듯 시작이 반이고 첫걸음을 내딛었으니 약을 끊은 것처럼 포기하지만 않으면 책은 반드시 세상에 나올 것이다. 인생의 진실은 아주 간단했다.

오랫동안 꿈을 그리는 사람은 마침내 그 꿈을 닮아간다.

_앙드레 말로

'이 고통이 내게 주고 싶은 가장 큰 선물은 무엇일까?'
인생이 완전히 망가져버렸다고 생각했다. 땅끝까지 가버린 것 같은 삶에서 간신히 안정에 닿았다고 느꼈을 때 예상치 않게 닥친 수면제 금단증상은 어떠한 태풍보다 강하고 처참하게 내 삶을 짓밟았다. 평안과 행복의 아스라한 흔적까지도 송두리째 빼앗는 것 같았다. 속수무책으로 당할 수밖에 없는 고통에 억울함과 분노가 미친 듯이 끓어올랐고, 죽음을 대면하고 신체적·정신적으로 바닥을 치면서 끝까지 외면하고 싶던 나를 마주할 최소한의 용기를 낼 수 있었다.

금단증상 자체를 없애거나 막을 수는 없지만 수동적으로 당하는 삶이 아닌 능동적으로 헤쳐 나가는 삶을 선택했다. 증상이 아닌 나를 바라보았고 더 이상 끌려다니지 않기로 했다.

아무것도 할 수 없을 것 같았지만 선택할 수 있는 것들은 생각보다 많았다. 할 수 없어서 선택할 수 없다는 것은 핑계에 불과했다. 하나씩 선택하고, 실행하고, 결과에 책임을 지면서 걸음마를 배우는 아이처럼 삶을 어떻게 살아야 하는지, 원하는 나로 살기 위해서는 어떻게 해야 하는지 차근차근 배웠다. 고통과 절망으로 시작했지만 기쁨과 감사로 성장했다. 평생 배우지 못하고 깨닫지 못한 것들을 익히고 깨닫는 데 걸린 1년은 인생의 지름길이었다. 안전하고 넓은 길이 아니었기 때문에 오히려 전심을 다해 빨리 익히고 깨달을 수 있었다.

좁고 험한 길에 맞닥뜨리면 피하거나 도망가고 싶지만 어차피 들어선 길이라면 내가 바꿀 수 없는 길을 탓하거나 속상해하지 말고 스스로에게 집중해보자. 불행과 고통이 닥치면 무엇을 선택하겠는가? 고통에 집중하며 내게서 더욱 멀어질 것인가? 아니면 불행을 딛고 자신을 직면할 용기를 낼 것인가? 내 선택에 따라 인생 최고의 선물이 될 수도 있고, 최악의 상처가 될 수도 있다. 상처보다는 선물이 될 수 있는 선택을 하고 그 선택이 기적으로 빛을 발하기를 간절히 기도한다.

나는 나를 사랑하고, 아이들을 사랑하고, 사람들을 사랑하고, 세상을 사랑하게 되었다. 벌레나 잉여인간 같았던 한 사람의 변화로 세상이 변화하는 기적을 경험하게 되었다. 단순히 약을 끊고자 했던 것이 시작이었지만 그 선택으로 운명이 바뀌었다. 내 운명이 바뀌었듯이 누구나 운명을 바꿀 수 있다고 믿는다.

Part 3

나는 어떻게
수면제를 끊었나

나는 수면제를 끊었습니다

Chapter 9

어떻게 약을 끊을까?

답은 자신에게 있다

　　　　　　　"어떻게 약을 끊으셨어요?" 사람들
이 가장 궁금해하는 부분이다.

　약을 어떻게 끊었는지 최대한 정리해서 알려주고 싶은 마음에 블
로그에 꾸준히 기록을 남겼지만 결정적인 한 방이 있거나 단약에 대
한 확신과 신속한 결과를 보장해주지 않아서인지 막상 실행하는 사
람은 드물었다. 속성 코스나 수고가 따르지 않는 방법은 요요현상처
럼 더 큰 부작용이 있기 마련이지만 약으로 인한 두려움과 고통이
큰 대다수의 사람들은 빨리 벗어날 수 있는 외부의 방법을 찾는 것
에 에너지를 쏟았다.

　약을 끊기 위해 도움을 주는 또 다른 보조제와 약, 생소한 특이요

법과 민간요법 등 자신이 책임져야 하는 방법과 과정을 외면한 채 외부에서 찾는 방법은 또 다른 의존을 낳을 뿐 진정으로 자신을 살리는 방법은 아니다.

자기 자신을 통한 주도적인 수고와 노력의 과정을 회피함으로써 맞이하는 것은 결국 약물 중독과 죽음까지 일으킬 수 있는 혹독한 금단증상이라는 사실을 기억해야 한다.

1. 고민할 시간에 일단 실행하자

이보다 더 단순할 수 없을 정도로 무식하게 약을 끊었다. 약에 대한 아무런 정보 없이, 찾아볼 생각도 계획도 없이 마음먹자마자 바로 실행했다. 약을 끊으면서 계획을 세우고 보다 철저히 단계별로 실행해야 함을 깨달았지만 그 깨달음 역시 직접 부딪혀본 경험을 통해 터득할 수 있었다. 우리 몸과, 무엇보다 뇌에 바로 작용하는 약이니 무턱대고 끊어서는 안 되지만 끊을까, 말까 백 번 고민할 시간에 일단 시작해보자.

단, 반드시 담당 의사에게 단약에 대한 동의를 구한 뒤 감약할 약의 순서를 숙지한 후에 실행해야 한다. 감약을 해야 약의 위력과 위협에 대해 깨달을 수 있고 그러한 약이 내게 미치는 막강한 영향을 비로소 알 수 있다.

걸을까, 말까 고민할 시간에 일단 밖으로 나가보자. 나가면 걸을 수 있고, 오늘 걸으면 내일도 걸을 수 있다. 아무리 좋은 생각, 위대한 생각을 하더라도 생각 자체만으로는 아무런 변화를 일으킬 수 없다. 오직 행동으로 발현되어야만 실질적인 변화가 가능하고 경험이 된다. 반복된 경험이 사건을 만들고, 사건은 말단에 고착되어 있던 생각과 행동을 바꾸는 역사를 만든다.

약만 줄이고 끊는 것이 단약이 아니다. 약을 복용하게 된 원인에서 벗어날 수 있는 기회, 더 이상 도망갈 수 없는 막다른 곳에서 자신을 마주하는 일생일대의 기회가 바로 단약이다. 기회를 진정한 내 것으로 만들 것인가, 위기로 만들 것인가? 선택은 오직 나의 몫이다.

2. 진심으로 원하는 것을 선택하자

건강한 몸과 마음, 행복, 기쁨, 불면증이나 우울증 없는 일상적인 삶과 건강하지 않은 몸과 마음, 불행, 슬픔, 불안, 불면증과 우울증으로 가득한 삶 가운데 어떠한 삶을 원하는가? 당연히 불면증이나 우울증 없는 건강하고 행복한 삶을 원한다고 말할 것이다. 하지만 생각과 행동이 일치하는지 살펴보자.

나는 불면증 없이 건강하고 행복한 삶을 꿈꾼다고 생각했지만 실은 스스로를 기만하고 있었다. 몸이 약해서 하지 못한다는 핑계를 댈 수 있도록 허약해야 했고, 일을 하느라 피곤하다는 핑계를 대기 위해 건강한 식습관과는 거리가 먼 식사를 했고, 운동을 하지 않았다. 또한 잠이 부족해 일찍 일어나 규칙적인 생활을 할 수 없다는 핑계를 대기 위해서 불면증이 필요했다. 건강하고 행복한 삶을 원하지만 막연해보이는 그러한 삶을 얻기 위해 노력하는 것보다 실은 노력하고 싶지 않은 내면의 의지가 더욱 컸다는 것을 깨닫지 못했다. 불면증 때문에 정상적인 삶을 못 사는 것이 아니라 정상적인 생활을 하지 않기 위해 필요한 것이 아이러니하게도 그토록 벗어나고 싶은 불면증이었다. 어떻게든 벗어나야 한다면서 실은 불면증에서 벗어나지 않기 위해, 핑계 댈 수 있는 이유를 놓지 않기 위해 끝까지 붙들고 있던 것이 불면증이었다.

벗어나고 싶다면 단 하나라도 실행해야 했지만 생각과 달리 행동은 전혀 하지 않았다. 행동하지 않기 위한 핑계만 나열하며 하지 않기 위해 최선을 다했다. 바른 선택을 하지 못하도록, 원하는 삶을 살지 못하도록 훼방하는 것은 다름 아닌 나 자신이었다.

내가 진심으로 원하는 것은 무엇인가? 몸과 마음이 건강한 삶인가, 아니면 피해자라는 이름 뒤에 숨어 언제든 책임을 회피할 수 있는 삶인가? 진심으로 원하는 삶이 무엇인지 명확하게 알아야 선택에 따른 실행을 감내하며 약을 끊고 원하는 삶을 살 수 있다. 원하지 않음에도 자신을 속이며 시작하는 단약은 당연히 실패할 수밖에 없다.

3. 단약 계획을 세우자

"끊는다고 결심했으니 오늘부터 안 먹으면 돼."
증상이 완화되면 더 이상 먹지 않는 감기약이나 소화제처럼 언제든 손쉽게 바로 끊을 수 있다면 얼마나 좋을까? 복용은 이보다 더 간단할 수 없지만 마음대로 끊을 수 없는 것이 정신과 약이다.
쉽고 빠른 방법을 선택한 결과는 비극을 향하지만 그럼에도 파국으로 가는 길은 막을 수 있다. 더 나아가서 마음먹기에 따라 약을 복용하게 된 원인에서 자유로워질 수 있는 인생 최고의 기회가 될 수도 있다.

단약 계획을 세우고 실행하는 방법

1. 운동 시작하기: 복용하던 수면제, 항우울제, 신경안정제 등 지금 당장은 아니지만 조만간 약을 끊을 계획이 있다면 가장 먼저 자신에게 맞는 운동을 찾아 시작한다. 사람에 따라 걷기, 달리기, 자전거 타기, 등산, 수영 등 맞는 운동이 모두 다를 수 있지만 가능한 햇빛을 보고 매일 꾸준히 할 수 있는 운동을 선택해서 체력을 기른다(시간, 장소, 비용, 인간관계에서 모두 자유롭고 남녀노소 무리 없이 두 다리만 있으면 가능한 '걷기'를 가장 추천한다).

2. 단약에 대한 의사 표명하기: 병원에 가서 약을 끊고 싶다는 의사를 분명히 밝히고, 담당 의사의 동의 아래 감약하는 약의 순서를 정해 숙지한다.

3. 약을 끊어야 하는 구체적인 이유 생각하기: 왜 약을 끊고 싶은지, 왜 이런 동기가 생겼는지 생각해본다. 약을 끊는 구체적이고 선명한 목표가 있어야 힘든 순간이 와도 포기하지 않고 약을 끊을 수 있다. 동물도 먹잇감이라는 목표가 없으면 움직이지 않는다. 다만, 실행이 앞서면 숨어 있는 내적 동기가 쉽게 발견되지 않을 수 있다. 따라서 단약 과정을 통해 약을 끊고 싶은 진짜 이유에 대해 끊임없이 자문하며 그 이유를 찾으면 숨어 있던 동기를 발견함과 동시에 삶의 의미와 내가 세상에 존재하는 이유 역시 찾을 수 있다.

4. 일상의 작은 변화 시도하기: 삶을 변화시켜서 약을 끊는 것이지 약을 끊어서 삶을 변화시키는 것이 아니다. 약을 끊는다고 드라마틱한 삶은 펼쳐지지 않는다. 기존의 일상을 그대로 유지하면서 약을 끊을 수 있을까? 늦게 자고 늦게 일어나고, 운동 한 번 제대로 하지 않으면서 약만 끊을 수 있을까? 별것 아닌 사소한 일상에서 변화는 시작된다. 일상을 변화시키는 의지와 노력이 궁극적으로 약을 끊고 원하는 모습으로 살게 하는 원동력이다. 한 발자국, 10분, 한 번, 오늘 하루라는 작은 변화가 쌓여서 큰 변화를 만든다.

5. 일상의 목표 세우기: 체력, 스트레스 정도, 약물 복용 기간에 따라 내가 할 수 있는 것들을 중심으로 일상의 목표를 세운다. 정도의 차이는 있지만 약을 장복하거나 증상으로 인해 장기간 고통받은 경우, 또는 단약으로 금단증상이 생기면서 일상생활이 무너진 경우가 많기 때문에 긍정적인 일상을 유지하며 실행 가능한 목표를 세우고 실천한다.

하루의 큰 목표를 세우고, 큰 목표에 따라 매일 세 가지의 세부 목표를 세우고 실행한다. 세 가지 이상의 목표를 설정하면 목표를 작성하는 순간부터 의기소침해질 수 있기 때문에 목표는 세 가지를 넘기지 않는다. 약에 중독되어 있던 뇌가 약 대신 긍정적이고 건강한 삶을 받아들이고 대체할 수 있도록 신체적, 정서적 습관에 대한 작고 구체적인 계획을 세운다.

예를 들면 설거지하기, 10분 산책하기, 온수 한 컵 마시기, 감사 일기 작성하기, 계단 2층 오르기, 거울 보며 미소 짓기, 소리 내어 칭찬하기, 책 두 장 읽기 등 일상에서 할 수 있는 실질적이며 구체적인 목표를 세운다.

6. 규칙적인 생활을 할 수 있는 환경 만들기: 사람은 누구나 의지가 약하다. 특히 약으로 인해 심신이 지친 상태에서 자신의 의지를 시험하다 좌절하며 자책하는 것은 생수 한 병만 들고 사막을 횡단할 계획을 세우는 것과 마찬가지다. 따라서 규칙적인 생활을 할 수 있는 환경부터 조성해서 환경에 의지한다. 가령 걷기 동호회나 독서 모임, 식단 챌린지는 손가락으로 몇 번만 클릭하면 얼마든지 참여할 수 있다.

7. 하루 세끼 규칙적인 식사하기: "우리가 먹는 것이 우리 자신이 된다"는 히포크라테스의 말처럼 건강한 식단은 뇌가 과민해져 있는 시기에 상당히 중요하다. 가공식품을 피하고, 특히 아편제 수용체가 들어 있어 각종 뇌와 관련된 증상과 장에 누수를 일으킬 수 있는 밀과 우유, 공격성을 높일 수 있는 설탕을 배제한 건강한 식단으로 하루 세끼 규칙적인 식사를 한다. 건강한 식사를 위한 준비부터 식사를 마칠 때까지의 모든 과정은 나를 사랑하는 노력이자 과정이며 결과다.

8. 단약의 시작을 주위에 알리기: 가족 및 지인들에게 단약의 시작을 알림과

동시에 금단증상에 대한 지식을 공유하면서 단약 기간 동안 상호 원활한 소통과 이해를 돕는다. 또한 함께할 수 있는 운동, 규칙적인 생활과 식사 준비 및 식단에 대해서도 도움을 청한다.

9. 기록을 통해 내면에 집중하기: 목표를 이루기 위해서는 반드시 기록이 필요하다. 나를 직면할 수 있는 감정 일기와 식단일지, 매일의 목표와 성취에 대한 기록을 통해 약이 아닌 나의 내면에 집중하고 살피며 목표에 조금씩 다가간다. 머릿속에서 생각하는 것과 직접 글로 작성하며 눈으로 보고 뇌에 각인시키는 것은 상당한 차이가 있다.

10. 삶의 변화에 집중하기: 단약이라는 목표에 너무 집착하기보다는 매일매일 하루의 목표를 이뤄나가는 것에 충실한다. 한 주를 마칠 때마다 주 단위로 점검하는 습관을 통해 약이 아닌 '변화하는 삶'에 초점을 맞춘다.

11. 수면 위생 지키기: 불면증이 아니더라도 기본적인 수면 위생은 반드시 지킨다(수면 위생에 대해서는 [부록 2]에서 자세히 다루었다).

12. 하루에 집중하기: 하루가 모여 일주일이 되고, 일주일이 모여 한 달이 되고, 한 달이 모여 3개월, 6개월이 된다. 블록을 쌓듯 매일 하루를 쌓는 것에

집중하여 실행하면 약을 끊고 원하는 삶을 살고 있는 나를 만날 수 있다.

수면제를 비롯한 정신과 약을 끊는데 왜 단약 계획을 세워야 하는지, 그것이 어떤 의미가 있는지, 왜 일상을 변화시켜야 하는지 이해가 되지 않는다면 현재의 삶부터 되돌아보자.

정상적인 일상생활을 하고 있는가? 학생은 학생으로, 직장인은 직장인으로, 주부는 주부로 평범한 일상생활을 영위하고 있는가? 불면증과 우울증, 불안이나 공황 장애로 일상생활을 못하는 것이 아니라 실은 증상에 대한 핑계를 대며 일상생활을 제대로 하지 않고 있지는 않은가?

정말 아무것도 하지 못할 것 같아도 할 수 있는 것 한 가지 정도는 분명히 있다. 할 수 있는 것을 찾을 노력조차 기울이지 않았기 때문에 못 찾은 것이다. 소소한 나의 일상과 삶을 변화시키지 않으면 약을 끊는 것도 힘들지만 나를 지배하는 형벌과 같은 증상에서 벗어나는 것은 더욱 어렵다.

평생 약을 복용하며 우울증과 불면증에 시달리고 싶지 않다면 지금 나의 일상을 되돌아보고 변화시켜야 한다.

4. 나를 지지해줄 완벽한 타인을 만나자

7년 전부터 꾸준히 심리상담을 받았지만 솔직히 가끔은 이 비용을 들여서 갈 만큼 나에게 효과가 있는지 회의가 들 때도 있었다. 하지만 그 누가 마음 깊숙이 잠자고 있어서 나조차도 인식하지 못하는 감정을 꺼낼 수 있게 도와줄까? 그 누가 힘든 이야기를 마음 편히 할 수 있도록 시간과 에너지를 쏟아서 들어줄까? 정신과 약을 복용하는 사람은 약을 복용할 수밖에 없는 여러 가지 사정과 이유가 있기 마련이다. 아무 이유 없이 자다 날벼락 맞듯이 약을 복용하는 경우는 없다. 우울증, 불면증, 공황 장애라는 형태로 표출이 된 것뿐 기저에는 깊은 우울이나 분노, 화가 내재되어 있으니 그 이유에 대해 반드시 살펴봐야 한다.

나 역시 복합적이지만 이혼으로 불면증이 야기되었고 수면제를 복용하게 되었다. 심각한 불면증은 원인에 대한 반응으로 나타난 것이지 결과는 아니다. 결과인 것처럼 보이지만 결과는 얼마든지 내 선택에 따라 바꿀 수 있다.

원하는 결과를 만들기 위해서는 원인에 대해 믿고 터놓고 대화할 수 있는 대상이 있어야 한다. 원인을 스스로 인지하지 못하는 경우에도 상담을 통해 충분히 도움을 받을 수 있다. 물론 큰 수술이

나 통증, 다른 연계된 질환 등으로 어쩔 수 없이 정신과 약을 복용하게 되는 경우도 있지만 그러한 경우에도 수술과 통증에 대한 이유는 분명히 있으며, 그에 대한 고통과 힘듦을 공감하고 지지해줄 사람은 필요하다.

당장 심리상담 비용과 시간이 부담스럽게 느껴질 수도 있을 것이다. 하지만 가랑비에 옷 젖는다고 몇 년 혹은 몇 십 년이 될 수도 있는 정신과 약 비용과 그로 인한 정신적·육체적 고통을 생각하면 상대적으로 심리상담 치료 비용이 오히려 더 저렴할지도 모른다. 평생 약을 복용하고 싶지 않다면 심리상담 치료에 대한 비용이 부담스럽다고 생각하지 말자. 내 마음을 알고 나를 사랑하는 과정은 삶의 핵심 요소이니 숨겨진 내 마음을 배우기 위한 투자 비용이라고 생각하면 부담이 덜 하다.

약을 끊는 과정에서 겪게 되는 예상치 못한 반응과 고통은 스스로 받아들이기 힘든 만큼 가족이나 친구도 쉽게 공감하기 어렵다. 물론 심리상담사도 내 심정을 백 퍼센트 알 수 없지만 약을 복용하지 않으면 안 될 정도로 힘든 나의 마음을 공감하고 이해해주며, 약을 끊는 과정에서 겪는 신체적·감정적 증상들에 대해 누가 이처럼 끝까지 지지하고 이겨낼 수 있도록 응원해줄 수 있을까? 긴 시간이 될 수도 있는 전투에서 일관적으로 의지를 북돋아주는 것은 가까운 사이일수록 쉽지 않다. 내 마음과 감정에 대해 흔들림 없이 지지해줄 수 있는 편안하지만 완벽한 타인은 이럴 때일수록 빛을 발한다.

5. 될 때까지 포기하지 말자

눈과 비를 맞으며 걸었고, 식빵 봉지를 든 채로 걸었고, 쓰레기를 버리러 나갔다가 잠옷 차림 그대로 걸었다. 논밭을 매는 사람처럼 목에 수건을 두르고 고무줄 바지를 입은 채 걸었고, 두통이 심할 수록, 통증이 심할수록, 표현이 되지 않고 기억이 나지 않을수록, 감각이 이상하고 극심한 피로를 느끼거나 속이 불편할수록, 이명이나 심장 통증, 공황 장애가 심할수록 더 많이 걸었다. 걷기의 효과를 느끼니 걷지 않을 수 없었다.

태풍이 몰아칠 때는 조금 잠잠해지기를 기다렸다가 걸었고, 폭염에는 저녁 느지막이 걸었다. 도저히 나갈 상황이 되지 않으면 계단을 올랐다. 명절에도 쉬지 않았다. 미친 사람처럼 걸었다. 걷기 위해 지갑을 들고 나가지 않았고, 온라인이 아닌 오프라인 마트에서 장을 보거나 아이들의 학원을 데려다주는 등 걷기 위한 모든 방법을 동원했다.

멀쩡하던 발이 단약을 하고부터 갑자기 시리고 멍하며, 떨어져 나갈 듯이 아프고 오그라들었지만 뼈와 관절에 이상은 없었다. 걷기 외에는 다른 방법이 없었다. 목표를 정한 뒤 죽지 못해 걷는 심정으로 한두 걸음을 걸었고 그것을 시작으로 주 2회, 주 3회, 주 4회… 그러다 매일 걷기로 늘려갔다. 한 걸음 떼기가 힘들었는데 2개월 만에 만 보를 걷게 되었고, 6개월이 되어서는 만 7천 보를 한 번에 걸을 수 있었다. 처음부터 만 보를 목표로 삼았다면 불가능했겠지만 하루의 목표를 달성하며 매일 오늘의 목표를 달성하는 것에 집중했다. 넘어지고, 뒤돌아가고 싶고, 실수하더라도 될 때까지 하면 분명히 목표를 이룰 수 있다는 진실을 잊지 않았다. 약을 다 끊을 때까지, 편안히 걸을 수 있을 때까지, 건강해질 때까지 하면 안 될 것이 없었다.

브레인 포그로 다시는 글을 쓰지 못할 것 같았지만 오타와 맥락이 맞지 않아도 일단 계속 써나갔다. 아프지 않은 곳이 없을 정도로 힘든 몸으로 글을 쓰는 것은 말이 안 되는 것 같았지만 표현할 수 없고, 소통할 수 없고, 기억할 수 없는 나는 그 어떤 것보다 두려운 존재였다. 창피하고 부끄러웠지만 안간힘을 다해 글을 썼고 블로그의 발행 버튼을 누를 때마다 심장은 쪼그라들었고 수축해서 잘 움직이지 않던 손가락마저 떨렸다. 아무리 수정해도 뿌옇게 흔들리는 시야와 새하얀 머리로는 더 이상 다른 표현이 생각이 나지 않았고 도저히 다른 문장을 만들 수 없었다. 때로는 무엇을 작성하는지도 모르는 채 무조건 글을 썼다. 쓰고 또 쓰기를 반복하며 하루도 거르지 않았다. 그렇게 1년 가까이 블로그에 글을 작성하며 다시금 책을 쓰기 위한 원고 작성에 도전했다. 걷고 쓰는 삶의 연속이었다.

소망하던 책을 쓰기 위해 될 때까지 글을 썼더니 작가가 되었고, 도움이 필요한 사람들에게 적극적인 변화와 도움을 주고 싶어서 꾸준히 경험을 나누며 공부했더니 코치가 되었다. 수면제를 끊고 금단증상에서 벗어나기 위해 혹은 또 다른 성공이나 성취를 얻는 데 있어서 특별한 방법은 그리 중요하지 않다. 될 때까지 해서 안 되는 사람은 없다. 언제 성공할지 모르는 막연함과 실패에 대한 불안 때문에 원하는 결과가 나올 때까지 하지 않는 것뿐이다.

물은 엇비슷한 98도에서 끓지 않고 100도에 도달해야만 끓는다. 주전자의 재질이나 물의 양, 화력에 따라 끓어오르는 시간은 모두 다르지만 한 가지 분명한 것은 100도가 되면 모든 물은 끓는다는 사실이다. 우리의 꿈도 다르지 않다.

6. 기록하고 작성하자

메모하고 기록하는 습관이 있었지만 단약의 고통이 너무 심해 언제부터 졸민을 끊었는지 기록하지 못했다. 만사가 귀찮았고, 온갖 고통에 하루를 사는 것 자체가 고역이었다. 손가락이 수축되는 통증에 젓가락질을 하는 것, 옷을 입고 벗는 것, 씻는 것 등의 기본적인 생활이 불가능하니 글씨를 쓰는 것은 먼 나라 이야기나 마찬가지였다.

그러나 자살 충동과 극심한 우울증에서 벗어나 생활을 바꾸어 나가면서 시작한 것 중의 하나가 감정을 들여다볼 수 있는 '감정 일기'와 하루 일과 중 감사한 일을 적는 '감사 일기' 쓰기였다. 머릿속에 들어 있는 생각과 감정을 어떻게 볼 수 있을까? 눈으로 보는 것 외에는 방법이 없었고 보기 위해서는 글로 적어야 했다. 백문이 불여일견이라고 하지 않던가?

머릿속에 떠도는 생각들을 정리하고 복잡한 고민들을 덜어내기 위해서는 밖으로 끄집어내어 표현해야 하는데 스스로 할 수 있는 것 중 가장 효과적인 방법은 글로 적는 것이었다. 종이 위에 글로 표현하면 나의 진짜 생각과 감정을 깨달을 수 있고, 진정으로 원하는 것에 대한 답을 찾는 과정 역시 수월해진다.

감정을 글로 표현하는 것을 자꾸 반복하면 그저 잠시 스쳐 지나가는 감정인지 놓쳐서는 안 되는 감정인지 파악할 수 있고, 중요도에 따라 흘려보낼 감정과 깊이 생각해야 할 감정을 구분할 수 있다. 과거와 현재에 미친 감정의 영향을 깨달으면 미래를 위해 현재의 내가 무엇을 어떻게, 왜 해야 하는지에 대한 생각과 행동들의 실질적인 변화 역시 가능해진다.

내 감정을 들여다보는 것을 시작으로 일상에서 느낀 소소한 감사들, 생활을 변화시키기 위한 노력의 증거들인 기상 시간과 취침 시간, 걷기, 식단, 하루의 목표 등에 관한 기록을 남겨보자. 이러한 목록들이 쌓이면 막연하게 시작한 일들이 어떤 변화를 일으키고 있는지 한눈에 볼 수 있고, 변화의 과정을 비교하면서 눈에 보이지 않는 자신의 성장을 깨달을 수 있다. 노력하는 과정에 대한 기록이 있어야 앞으로 나아갈 수 있는 에너지를 얻음과 동시에, 수정하고 보완할 부분 역시 명확히 알 수 있다. 스스로 나 자신을 이끌기 힘든 날은 작성한 기록들이 나를 응원하며 이끌어준다.

단약의 성공이라는 결과는 꾸준한 변화의 과정이 있었기 때문에 가능했고, 변화의 과정은 내가 남긴 기록으로 증명할 수 있다. 변화 자체가 큰 사건이지만 변화에 대한 증거, 즉 기록은 사건을 하나의 역사로 만들어준다는 점에서 매우 중요하다.

7. 자신의 의지를 믿지 말고 환경에 의지하자

'나는 의지가 강한가?'

열에 아홉은 의지가 약하다고 대답할 것이다. 하지만 의지가 약하다고 대답한 사람들 중에서도 분명히 누군가는 의지가 약한 나와 달리 원하는 목표를 성취했거나 성취를 위해 지금도 꾸준히 노력하고 있을 것이다. 그렇다면 그들은 어떻게 흔들리지 않고 앞으로 굳건히 나아갈 수 있었을까?

머릿속에 긍정적이며 미래지향적인 생각과 계획이 가득해도 실행하지 않으면 무의미하다. 포기하지 않고 지속적으로 실행할 수 있는 의지와 힘은 특별한 사람에게만 주어진 능력이 아니다. 걸어야 하는 것을 알지만 덥거나 추우면 나가지 않으려는 의지가 강렬하게 솟구치고, 건강한 식단의 식사보다 눈앞에 있는 케이크와 커피를 먹고 싶은 것은 누구나 마찬가지일 것이다.

나는 의지박약한 나를 인정하고 받아들였다. 감히 의지라고 말할 수준도 아니었기 때문에 더더욱 아이들과 동행했고, 걷기 위해 수단과 방법을 가리지 않았다. 토끼에게 먹이를 준다는 이유로 덥석 당근부터 샀고, 사온 당근이 아까워서 썰었고, 썰어놓은 당근을 토끼에게 갖다 주기 위해 나갔다. 걷기 싫어하는 아이들을 위해 걷고 난 후의 보상이자 동기부여로 간식을 약속했다. 목표로 삼은 지점에 도착하면 기념사진이나 영상을 찍어 성공의 증거를 남기는 것은 물론 목표를 달성한 나와 아이들에게 소소한 상을 주며 독려했다.

일단 나가면 활동하고 걸을 수 있기 때문에 무조건 나갈 수밖에 없는 환경부터 만들었다. 규칙적인 생활을 하기 위해 매일 아침 일찍 일어나 침을 맞으러 다닌 것도 그중 하나였다.

의지박약한 나를 알기 때문에 하지 않을 수 없는 환경이 절대적으로 필요했고 그것에 철저히 의지했다. 나 자신을 믿고 사랑하지만 시시각각 변화하는 의지를 믿지 않았고 의지와 나를 동일시하지 않았다. 자신을 믿는 것과 생각의 일부인 의지를 믿는 것은 다른 차원의 문제임에도 자신과 의지를 동일시하며 자책과 절망이라는 악순환에 빠지는 경우가 많다. 내가 뜻한 대로 의지를 자유자재로 발휘할 수 있다면 누구나 자신이 원하는 삶, 이상적인 삶을 살지 않을까?

스스로 자신을 올무에 빠뜨리지 말자. 자신을 믿는 것과 의지를 믿는 것은 다르며, 대부분의 사람들은 의지가 약하기 때문에 의지를 발휘하도록 하는 환경을 조성해서 환경에 의지해야 한다.

8. 누구나 아는 진실을 행하고 따르자

"어떤 방법으로 단약에 성공하셨어요?"

"매일 30분 정도 햇빛을 보며 운동하고, 영양과 균형이 잡힌 식사를 하고, 규칙적인 생활과 충분한 수면을 취하고자 노력했어요."

정답이자 진실이지만 이렇게 이야기하면 대부분 실망하며 다른 방법을 찾으려 한다. 다른 것도 아니고 중독성이 강한 정신과 약을 누구나 아는 방법으로는 끊을 수 없다고 생각하는 것이다. 그럼에도 누구나 알고 있는 상식이자 본질을 충실히 따라야 한다. 매일 30분 정도 햇빛을 보며 운동하고, 영양과 균형이 갖추어진 식사를 하며, 규칙적인 생활과 충분한 수면을 취하면 어지간해서는 몸과 마음이 건강해지지 않을 이유가 없다.

단약 과정 내내 열심히 지키고 따랐으며, 단약 이후에는 보다 더 체계적이고 즐거운 삶의 패턴으로 자리 잡아 불면증 없이 평생 가져보지 못한 건강한 삶을 영위하고 있다. 몸과 마음의 건강은 특별하고 엄청난 비밀을 아는 사람들만 누릴 수 있는 것이 아니다. 누구나 누릴 수 있지만 본질을 지키고 따른 사람에게는 주어지고 본질을 외면한 사람에게는 주어지지 않는 매우 정직하고도 단순한 진리를 지니고 있다.

걷고, 쓰고, 자신의 감정을 직시하고, 감사를 생활화하고, 하루를 충실히 사는 삶을 모르는 사람은 없다. 이러한 삶이 지닌 가치의 소중함을 깨닫지 못하는 것뿐이다. 꾸준함, 성실, 근면, 노력, 사랑의 가치는 시대가 바뀌어도 변하지 않는다. 가치의 소중함이 지금 당장은 느껴지지 않더라도 일단 실행하면 깨달을 수 있다. 진실은 누구에게나 공평하고 단순하며 변하지 않는다.

세상의 어려운 일은 모두 쉬운 일에서 비롯되고, 세상의 큰일은 반드시 작은 일에서 시작된다. _《도덕경》, 노자

Chapter 10

약을 끊기 전 반드시 해야 할 것

:

준비하면
할 수 있다

우울하거나 잠을 못 자서, 스트레스가 쌓이거나 각자 다른 삶의 이유로 정신과 약을 복용하게 되는 경우가 상당히 많아졌다. 누구나 한 번쯤 겪는 불면증만 하더라도 2020년 기준으로 65만 명이 고통받고 있고, 우울증 환자는 83만 명이나 된다고 한다. 이제는 비일비재해진 불면증과 우울증으로 약을 복용하는 것에 대해 예전과 같은 부정적인 시각은 많이 사라진 편이다. 또한 다수의 유명인들이 치료를 받으며 약을 복용하고 있음을 공론화한 부분도 정신과 약에 대해 너그러운 시선을 갖게 했다. 정신적으로 이상한 사람들만 받는다는 선입견을 갖고 있던 정신과 진료나 상담, 약 처방에 대한 인식의 개선이 이루어진 것은 상당히 긍정적인 면이다. 보다 열린 시선으로 보편적인 공감대가 형성된 부분도 매우 반갑다.

하지만 일반화되는 만큼 뇌에 직접 작용하는 정신과 약물의 오남용이 증가할 수밖에 없는 부분은 매우 우려된다. 경험하지 않았다면 호전될 때까지 복용하다 끊으면 되는데 무엇이 문제냐고 하겠지만 복용하기 전 백 번, 천 번 심사숙고해야 하는 것이 정신과 약이다. 물론 약을 복용하기까지 몸과 마음이 얼마나 괴로웠을지 이해하니 더욱 안타까울 따름이다.

1. 의사의 진단과 동의

'이제는 괜찮으니 끊으면 되겠지?'

대부분은 스스로 판단해서 상의 없이 약을 끊는 경우가 많다. 하지만 이것은 매우 위험하다. 멋모르고 약을 끊으면 보다 나은 삶을 위해 선택한 약을 뒤로 하고 전혀 예상치 못한 결과를 마주할지도 모른다. 따라서 마음이 앞서 임의대로 약을 끊는 것은 자제한다.

반드시 현재 약을 줄여도 되는 상태인지 의사의 동의를 받은 후 시작한다. 약을 끊는 것은 줄이는 것부터 시작하기 때문에 감약

여부와 최종적으로는 단약을 목표로 삼아도 되는지 확인하는 것
이 우선이다.

그동안 진료를 담당한 의사가 현재 나의 신체적·정신적 상태를
가장 객관적으로 판단할 수 있고, 약을 처방해준 것 역시 담당 의
사이므로 약을 줄이거나 끊어도 된다는 동의를 얻은 후 병원의 가
이드를 숙지한다. 반드시 의료적인 판단을 할 수 있는 의사의 진
단 후 감약을 시작해야 어떠한 상황이 벌어지더라도 의료적인 처
치와 도움을 받기에 용이하고, 갑자기 복용을 중단하면 몸에 급격
한 무리가 오는 약들이 많으니 담당 의사의 확인은 필수다.

나는 수면제와 항우울제를 장기간 고용량으로 복용하다 보니 처
음에 약을 처방해준 병원에서 약을 줄이면 좋겠다는 권유를 간헐
적으로 받은 상태였다. 끊을 경우 졸민부터 줄이라고 했기 때문에
심리상담 센터와 병원을 옮기면서 단약을 시작할 수 있었고 옮긴
병원에서도 의사 선생님께 도움을 요청했다.

새로운 병원의 의사 선생님 역시 약을 끊는 것에 동의하셨기 때
문에 보다 안정적으로 단약을 시작할 수 있었다. 감약을 시작하
면 신체적·정신적인 증상들로 인해 새로운 불안이 가중되는 경
우가 대부분이니 시작부터 혼자 불안을 떠안지 말자. 지금 당장
병원에서 감약 혹은 단약에 동의하지 않는다고 실망하지 말고 우

선 내 몸과 마음의 힘부터 기르자. 준비된 자에게 기회는 반드시 주어진다.

2. 감약하는 순서와 용량 철저히 지키기

솔직히 처음에는 어떠한 순서로 약을 끊어야 하는지, 얼마나 용량을 줄여야 하는지에 대한 개념이 전혀 없었다. 졸민 이후 어떤 약을 끊어야 할지 알지 못한 채 단순한 계산으로 가장 마지막에 처방된 스틸녹스를 끊으며 감약 순서와 용량의 중요성을 깨달았다. 모두 수면을 도와주는 약이라고 해도 각각의 상세한 성분과 뇌에 구체적으로 어떠한 작용을 하는지 알 수 없기 때문에 감약 순서는 철저히 병원의 가이드를 따른다.

감기에 걸렸을 때 열이 나지 않으면 해열제를 중단하고, 흐르던 콧물이 좋아지면 콧물 약을 줄이고, 염증이 좋아지면 소염제나 항생제를 끊으면 된다. 하지만 뇌에 작용하는 약은 평생 복용할 약이 아님에도 언제, 어떻게, 얼마나 줄여야 하는지 알려주지 않을 뿐더러 일반인이 알 수 있는 방법 자체가 없다. 감약하는 순서를 모른 채 아무 약이나 끊으면 금단증상이 심해져 고통을 겪을 수 있고, 결국 다시 약을 복용하게 되거나 기존 약의 용량이 듣지 않아 약이 늘어나는 악순환에 빠질 가능성이 높다.

내가 만약 과거로 돌아가 졸민을 끊는다면 최대한 분할할 수 있는 만큼 분할해서 기존 용량의 1/10정도만 줄여서 복용할 것이다. 2주 정도는 더 이상 줄이지 않고 감약한 용량에 따른 상태의 변화를 관찰하며 유지한 다음, 더 줄여도 된다는 의사 선생님의 동의를 받으면 남아 있는 9/10 중에서 다시 1/10 정도를 줄이는 사이클을 반복하면서 아주 서서히 용량을 조절할 것이다.

금단증상은 약에 중독되어 있던 뇌가 약을 줄이거나 끊으면서 약에 의존했던 만큼 스트레스와 반발이 일어나는 것이라 정도의 차이가 있을 뿐 크던 작던 누구나 겪게 된다. 따라서 충격을 최소화해야 뇌의 반발과 스트레스를 줄일 수 있다. 물론 약의 종류와 복용했던 기간과 용량, 내재된 원인, 현재의 스트레스 상태와 체력에 따른 편차가 매우 커서 순서대로 약을 줄이고 용량을 조절해야 한다는 지침과 기준이 크게 의미 없다고 느껴질 수도 있다. 하지만 부작용과 금단증상을 최소화하기 위해서는 줄여야 하는 약의 순서와 용량을 반드시 숙지한다.

이 부분을 확실히 깨닫고 나서는 병원의 가이드에 따라 남아 있는 약들 중에서 환인클로나제팜, 큐로켈, 스리반을 순서대로 최소량씩 줄이며 끊었다. 만약 마음대로 스리반을 먼저 끊고 가장 나중에 환인클로나제팜을 끊었다면 결과가 어땠을까? 마지막에 찾아온 극심한 금단증상으로 단약을 포기하거나 우울에 빠져 지금과는 다른 삶을 살고 있지 않을까?

3. 약을 줄이는 기간에 대한 이해

모든 약을 끝까지 전부 끊는 것이 목표이니 초조해하거나 서두르지 말자. 두려움과 공포는 속도에 집중하고 방향을 상실하게 하기 때문에 조급함은 금물이다. 약을 절반으로 줄이고 일주일 후에 바로 복용하지 않거나 오늘 반 알 줄였는데 생각보다 괜찮으니 내일부터는 먹지 않고 내일도 괜찮으면 다른 약을 줄이겠다는 생각은 위험하다. 조금 늦더라도 뇌를 속이면서 끊는 요령이 필요하다. 단약 초반에 졸민을 반 알로 자르고 복용한 뒤 별 생각 없이 전부 끊고 금단증상인 것을 알고도 연이어 스틸녹스를 끊기 시작한 내가 왜 단약하는 데 1년이나 걸렸을까? 단시간에 약을 끊으면 죽을 수도 있다는 사실과 금단증상으로 몸과 뇌가 급격히 손상될 수 있다는 것을 확실히 경험했기 때문이다. 7년의 시간 동안 약에 종속되어 있던 뇌가 약에서 벗어나려면 시간이 얼마나 필요할까? 상상 이상의 충분한 시간이 필요하다는 것을 1년에 걸쳐 온몸으로 이해하고 깨달았다.

물론 모든 사람이 같을 수는 없다. 얼마나 시간이 소요될지, 어떠한 증상이 나타날지, 언제 끊을 수 있을지, 언제 잠을 잘 자게 되고 우울이나 불안이 완화될지는 아무도 알 수 없다. 하지만 극소량씩, 한 번에 한 가지 종류만, 감약하며 나타나는 증상과 몸 상태를 관찰하기 위한 유지 기간을 최대한으로 잡아야 하는 사실은 누구나 동일하다. 이러한 사실을 깨닫고 단약 후반부에는 약 한 개당 1/4에서 1/5씩 줄이는 것을 기준으로 삼을 수 있었다. 나의 경우에는 단약에 어느 정도 적응한 후반기라서 이 정도로 분할했지만 1/10 정도씩 줄인다는 마음으로 극소량씩 줄이는 것을 추천한다.

단약 과정의 가장 마지막 약인 스리반은 다른 약들에 비해 과정이 매우 수월했고 마지막 약이라는 기대감 때문에 빨리 끊고 싶었지만 뇌가 필요로 하는 적응 기간을 이해하면서 최대한 분할해서 복용했고(2밀리그램 → 1.5밀리그램 → 1밀리그램 → 0.5밀리그램 → 0.25밀리그램 → 단약) 8주 정도가 소요되었다.

4. 약을 줄일 때 용량에 대한 이해

앞서 언급했듯이 단약에 성공하기 위해서는 반드시 한 번에 한 가지 종류씩 감약해야 한다. 그래야 약을 줄이면서 나타나는 반응들을 면밀히 살필 수 있고, 한 가지 종류의 약을 끊기까지 소요되는 시간은 사람마다 모두 다르다는 점에서 해당 약을 끊는 기간을 대략이나마 예측할 수 있다. 또한 여러 가지 약을 함께 줄이면 금단 증상이 증폭되거나 더 큰 부작용이 생길 수 있으니 반드시 한 번에 한 가지 종류의 약만 줄여나가자.

무엇보다 단약의 최종 날짜를 목표로 정한 뒤 약을 줄이고 끊는 것은 위험한 발상이다. 단약은 정해진 기간 안에 치러야 하는 시험이나 취업 일자에 맞추어 공부하는 것과는 전혀 다른 문제다. 시간에 대한 여유를 지닐수록, 충분한 기간을 두고 실행할수록 단약을 통한 밀도 높은 삶을 재구성할 수 있으니 우리의 몸과 뇌를 담보로 삼지 말자.

1. 줄여야 하는 약의 순서를 반드시 확인하여 그 순서대로 줄인다.

2. 한 번에 한 가지 종류의 약만 줄인다(감약 후 괜찮은 것 같아서 두세 가지의 약을 연이어 혹은 동시에 줄이거나 끊지 않는다).

3. 최소의 용량으로 최대한 서서히 줄인다. 처음부터 약의 절반 용량이 아닌, 대략 1/10부터 줄여서 복용한다고 생각한다.

4. 용량을 줄일 때마다 최소 2주 정도의 관찰 기간을 두고 다음 단계로 넘어

간다(1밀리그램에서 0.9밀리그램으로 줄인다면 최소 2주 정도는 유지한 후 추가

감약에 들어간다. 물론 불편하다면 한두 달 정도 0.9밀리그램을 유지하며 관찰한

후 줄이는 것이 좋다. 개인에 따라 다르지만 몸에 큰 이상이 느껴지지 않아도 최

소 2주 정도의 충분한 관찰 및 유지 기간을 두는 것이 안전하다).

5. 기간이 오래 걸려도 상관없다. 몸과 뇌의 손상을 최소화하면서 완전히 끊

는 것이 목표다. 뇌를 속이면서 끊어야 한다는 것을 잊지 않는다.

6. 약을 줄이는 기간과 용량에 절대적인 기준은 없다. 금단증상과 마찬가지

로 개인차가 심하기 때문에 절대적인 기준을 두지 말고 몸에 나타나는 증

상들을 면밀히 관찰하며 진행한다.

5. 체력 기르기

"약을 끊기 전에 무엇을 하면 좋을까요? 무엇부터 준비할까요?"
정답은 하나다. "체력을 기르세요. 당장 운동하세요." 약을 끊는
동안 가장 아쉽고 후회되는 것은 미리 체력 관리를 하지 않았다는
점이었다. 걷지 못할 것 같은 다급함과 불안함에 시작했지만 평소
에 체력을 길러두었다면 금단증상을 이겨내기 훨씬 수월하지 않
았을까? 똑같은 감기에 걸려도 어떤 사람은 하루면 털고 일어나
는데 일주일씩 끙끙 앓는 사람이 있다. 평생 허약했던 나는 타고

난 체력을 바꾸기 어렵다며 쉽게 접할 수 있는 음식이나 영양제 등으로만 체력을 보충하려 했다. 금단증상을 겪으면서 비로소 식사와 식단의 중요성을 깨닫고 식단일지를 작성한 것이 변화라면 큰 변화였다.

하지만 양질의 식사와 몸에 맞는 영양제도 중요하지만 그보다 더 중요한 것은 양질의 식사와 영양제를 받아들일 내 몸이다. 약을 줄이거나 끊으면서 나타나는 대표적인 금단증상들은 발한, 어지러움, 소화불량, 두통, 메스꺼움이고 이로 인해 식사를 제대로 하기 힘든 경우도 있다. 식사하기 힘들어지면 체력 저하는 자연스레 뒤따라올 수밖에 없다.

단약 계획이 있다면 우선 체력부터 기르자. 어떤 운동도 상관없지만 유산소 운동과 근력 운동을 병행해주는 것부터 시작한다. 평소에 운동을 전혀 하지 않았다면 걷기부터 시작해보자. 걷는 것이 힘들다면 현관문을 열고 잠깐 나갔다가 들어오는 것만으로도 괜찮다. 한 두 걸음으로 시작해서 조금씩 걷기가 익숙해지면 만 보 걷기에 도전하거나 근력 운동으로 체력을 강화시킨다. 기초 체력이 튼튼하면 무엇이든 수월하게 이겨낼 수 있다. 심장을 평소보다 빠르게 뛰게 하는 것이 뇌의 활성화와 회복에 도움을 주기 때문에 유산소 운동은 필수다. 평소에 길러진 체력을 바탕으로 금단증상을 겪으면 상대적으로 쉽게 이겨내고 빨리 호전될 수 있다.

나는 약을 끊기 전보다 약을 끊은 후 신체적·정신적으로 건강하다. 남아 있는 미미한 금단증상들을 제외하면 살면서 지금보다 건강한 적은 없었다. 타고난 허약 체질에 금단증상으로 몸이 황폐해진 상태에서도 오직 걸어서 체력이 좋아졌으니 미리 체력을 기른다면 당연히 효과는 더 좋지 않을까? 몸이 건강하면 마음이 건강해지고 마음이 건강하면 몸이 건강해진다. 운동한 만큼 우리의 몸과 뇌는 반응하며 결과는 정직하다. 부디 소 잃고 외양간 고치지 말자.

6. 주위 사람들에게 도움 청하기

기대했던 바와 달리 전문가들은 금단증상에 대해 잘 이해하지 못했다. 예상치 못한 증상에 가장 힘든 건 바로 나 자신이다. 그렇다면 가족이나 친구는 이해할 수 있을까? 전문가들은 물론 나조차도 받아들이기 힘든 증상들을 가족이라고 해서 온전히 이해하고 받아들이기는 쉽지 않다.

이렇듯 막연한 것은 마찬가지지만 그럼에도 어떠한 증상이 얼마나 오랫동안 이어질지 모르니 약을 끊기 전에 가족과 믿을 만한 주위 사람들에게 미리 도움을 청해두는 것이 좋다. 혼자 모든 것을 감당하며 보낼 수 있는 시간이 아니며 정해진 기한조차 없는 외로운 시간이다. 가능하다면 가족 또는 지인과 병원 진료나 상담 치료에 동행하여 앞으로 겪을 수도 있는 금단증상에 대해 최소한의 객관적인 설명을 함께 공유하도록 하자.

단약 기간 동안 혼자만의 고통에 매몰되지 않도록 가족들이 서로 역할을 분담하고 상의하는 것은 매우 중요하다. 함께 걷기나 외부 활동 계획하고 참여하기, 서로 협조하여 규칙적인 생활 패턴 만들기, 소화하기 수월하며 영양이 풍부한 식단 준비하기, 식단일지 함께 작성하기, 약물 배출과 탈수를 막아주는 미온수 함께 마시기 등 내 의지만으로 하기 힘든 부분들에 대해 미리 도움을 청하고 역할을 분담하면 약을 끊는 과정에서 상호 간의 신체적·정신적 부담을 줄일 수 있다.

상황을 이해하거나 공감하지 못해도 호전을 위해 함께 노력하고 지지해주는 사람이 곁에 있다는 사실은 큰 위안이 된다. 금단증상은 신체 증상뿐만 아니라 감정적인 증상들을 수반한다. 불면증으로 복용하던 수면제를 줄이면 잠을 자지 못하고, 우울증으로 복용하던 항우울제를 줄이면 무기력과 우울이 찾아온다. 또한 불안 장애로 복용하던 항불안제를 줄이면 공황이나 불안이 일시적으로 커지기 때문에 감정적으로 날카로워지는 경우가 대부분이다. 영구적이지 않지만 기한 없는 증상들로 인해 불안감이 커지는 것은 가족들 역시 동일하니 약을 끊기 전 단약과 금단증상에 대한 기본 지식과 이해는 중요하다.

사전 지식이 있는 것과 없는 것의 차이는 상당히 크다. 미리 도움을 구하고 정보를 공유하는 것은 단약이나 금단증상에 대한 오해를 방지하고 예상치 않은 또 다른 마음의 상처를 최소화 할 수 있다. 예민하고 힘든 시기에는 모든 것이 상처가 될 수 있다. 상황이 닥친 뒤 가족이나 지인이 알아서 해주기를 바라는 것은 스스로를 더 힘들게 만들 뿐이다. 자유를 선택했다면 더 이상 자신을 힘들게 하지 말자.

약을 끊는 것보다 중요한 일

"내가 하는 일은 세상에서 가장 중요한 일이다."

매일 아침마다 마음을 하나로 모아 또박또박 읽으며 하루를 시작한다. 아무것도 할 수 없는 상황에서 오직 나를 위해 걷고, 읽고, 쓰고, 계획을 세우고, 이루었다. 지극히 개인적인 행동이었지만 내가 나다움을 지키고 사랑하기 위해 애쓰기 시작하자 삶에 변화가 찾아오고 기적의 불꽃이 튀었다. 설거지, 젓가락질, 청소, 옷 입기, 씻기, 걷기, 글쓰기, 요리하기 등 작고 사소한 행동에 의미를 부여했더니 모두 사그라졌다고 생각한 희망의 불씨가 작은 불꽃으로 타오르기 시작했다.

일상의 미약한 생각과 행동에 부여한 가치와 의미는 살아 움직여 예전과는 다른 시야와 마음을 나에게 선사했고, 나에 대한 사랑이 커질수록 온 마음에 새로이 담겨진 아이들에 대한 사랑 또한 더욱 커졌다.

누구나 살면서 여러 상황과 환경에 의해 크고 작은 상처를 지니고 스트레스를 받는다. 나만 그런 것이 아니고 드라마 속에서만 일어나는 일이 아닌, 한 치 앞을 모르는 인생에서 대하 드라마를 찍으며 살아간다. 그러나 다행히도 이 모든 것을 어떻게 받아들이고 헤쳐나갈 것인지에 대한 선택은 나에게 달려 있고 나를 사랑하는 것 역시 스스로 결정할 수 있다.

사랑이 무엇인지 몰랐고 사랑할 용기가 나지 않아서 사랑보다 미움을 선택했다. 스스로 선택한 미움이면서도 모든 불행은 나에게만 쏟아지냐며 분노했고 세상을 원망했다. 어떻게든 피하려고, 벗어나려고 힘껏 발버둥 쳤지만 내가 선택한 불행의 늪에서 빠져나올 수 없었다. 발버둥 칠수록 더욱 깊이 빠져드는 늪에서 비로소 분노와 원망이 고스란히 내게 돌아온다는 사실을 깨달았고, 도망이나 회피가 아닌 스스로 책임지는 진정한 '나의 길'에 들어설 수 있었다.

뿌연 안개속에 있는 것처럼 명확히 알지 못한 채 엉겁결에 선택한 사랑은 기쁨과 행복을 선사해주었고 더 이상 불행으로부터 도망치는 도망자나 피해자가 아닌 나를 스스로 빚어가는 '꿈의 사람'으로 변화시켜주었다.

사랑과 미움 중 무엇을 선택하겠는가? 약을 복용하든 하지 않든, 단약을 하든 하지 않든, 혹은 끊을 생각이 없더라도 상관없다. 또한 이 순간 자신을 사랑하지 않아도 괜찮다. 이제부터라도 자책, 원망, 비난, 분노, 비판, 화, 슬픔 대신 나를 사랑하자. 선택은 오직 당신에게 달려 있다. 나를 향한 사랑이 나를 살린 것처럼 당신을 살릴 수 있는 것은 오직 당신 스스로를 향한 사랑이다. 어떠한 준비나 절차도 필요하지 않다. 내면의 간절한 울림에 따라 자신을 마주하고 사랑하기를 간절히 기도한다.

"세상에서 가장 중요한 일, 당신도 하시겠습니까?"

부록 1

금단증상과 복용한 약에 대한 정보

1. 금단증상에 대하여

1) 금단증상이란?

지속적으로 사용하던 물질을 갑자기 중단하거나 그 양을 줄일 경우 나타나는 물질 특이적인 정신 및 신체 증후군이다. 원인은 알코올, 니코틴, 진정제, 수면제, 항불안제 등의 억제제, 중추신경 자극제와 같은 물질을 지속적으로 사용하다가 급격히 중단 또는 감량할 경우 발생할 수 있다.

2) 진정제, 수면제, 항불안제에 따른 금단증상

진정제, 수면제, 항불안제는 주로 진정, 수면 유도, 불안 해소 목적의 치료제로 사용되는데 이들 약물의 오남용에 의해 금단증상이 나타나기도 한다. 금단증상으로는 체온 상승, 정신 질환, 경련이 나타날 수 있고 심한 경우 사망할 수도 있다. 벤조디아제핀계 금단증상의 발현 시기는 알프라졸람, 로라제팜 등 반감기가 짧은 경우에는 마지막 약물 복용 후 24시간 내에 발생하여 48시간 후에 최대가 된다. 반감기가 긴 경우에는 마지막 약물 복용 후 2주일 후에 금단증상이 나타날 수 있다. 금단증 상의 정도는 사용 약물의 기간, 용량, 감량 속도, 기저 정신, 신체 상태에 따라 다르 게 나타난다.

3) 관련 질병

일시적 환시, 환촉, 환청, 불안, 초조, 대발작, 구역, 구토, 발한, 빈맥, 진전, 허기, 복 통, 근육통, 과민, 불면 또는 수면 과다, 불쾌, 피로, 두통 등이 있다.

* 출처: 서울대학교병원(http://www.snuh.org/) 의학 정보

2. 복용한 약에 대한 정보

1) 2019년 6월까지 7년간 복용한 약

레메론 15밀리그램, 루나팜, 명인브로나제팜, 쎄로켈 100밀리그램, 렉사프로, 졸민 0.25밀리그램, 스틸녹스 10밀리그램, 알비스.

– 단약을 결심한 뒤 가장 처음으로 졸민을 반 알로 줄여 복용하고 대략 1~2주일 후 졸민 단약에 성공.

– 얼마 뒤 졸피뎀 성분인 스틸녹스를 반 알로 줄여 복용한 후 대략 1~2주일 후 스 틸녹스 단약에 성공.

2) 2019년 8월 22일 처방받은 약

루나팜 1밀리그램, 큐로켈 100밀리그램, 환인클로나제팜 0.5밀리그램, 졸피람 10밀리그램, 스리반 1밀리그램, 아코틴 25밀리그램, 스리반 0.5밀리그램.

- 졸피람이 졸피뎀 성분임을 알았기 때문에 졸피람을 제외한 나머지 약 중에서 아무 약이나 반 알씩 줄여 복용.

- 마음대로 약을 줄이면서 졸민, 스틸녹스 외에 나머지 약은 2~3개 정도만 복용.

- 약을 함부로 줄이면 안 된다는 사실을 뼛속 깊이 체감한 뒤 감약 순서와 용량을 지키기 시작.

- 2019년 11월경부터 네 가지 정도의 약만 꾸준히 복용하며 2020년 3월까지 용량 유지.

3) 2020년 3월 20일

환인클로나제팜 감약(0.5밀리그램 → 0.25밀리그램), 스리반 1밀리그램, 큐로켈 12.5밀리그램 복용.

4) 2020년 4월 6일

환인클로나제팜 단약 성공, 스리반 1밀리그램, 큐로켈 12.5밀리그램 복용.

5) 2020년 6월 7일

스리반 2밀리그램 복용, 큐로켈 감약(12.5밀리그램 → 6.25밀리그램).

6) 2020년 6월 15일

스리반 2밀리그램 복용, 큐로켈 단약 성공.

7) 2020년 6월 20일

스리반 감약(2밀리그램 → 1.5밀리그램).

8) 2020년 6월 30일

스리반 감약(1.5밀리그램 → 1밀리그램).

9) 2020년 7월 7일

스리반 감약(1밀리그램 → 0.5밀리그램).

10) 2020년 7월 23일

스리반 감약(0.5밀리그램 → 0.25밀리그램).

11) 2020년 7월 30일

스리반 단약에 성공함으로써 7년간 복용한 수면제와 모든 정신과 약 복용 종결.

3. 복용한 약의 특성과 유의점

1) 졸민(0.25밀리그램)

① 성분: 트리아졸람(유사 성분의 약: 할시온, 트리람), 식약처 분류 최면진정제(수면제).

② 효능: 불면증의 단기간 치료.

③ 용법과 용량: 이 약은 단기간(보통 7~10일) 투여되어야 하며 치료 기간은 최대

　　2~3주를 초과하지 않는다. 최대의 효과를 얻고 중증의 부작용을 피하기 위해서

는 용량을 개인별로 정하는 것이 바람직하며, 최소 유효 용량이 투여되어야 한다. 저용량에서 반응하지 않아 부득이하게 용량을 증량하는 경우 이상 반응이 용량 의존적으로 나타나므로 충분히 관찰하면서 신중히 투여해야 한다.

④ 이상 반응: 의존성 및 금단증상.

이 약을 포함한 벤조디아제핀계 약물의 급격한 중지 후에 다음과 같은 증상들이 나타났다. 경련, 진전, 복부 및 근육경련, 구토, 발한, 감각 장애 및 불면증. 더 심한 증상은 보통 고용량 및 장기간 사용과 연관되어 있지만 치료 용량에서 1~2주 정도 투여한 환자에게도 금단증상이 나타날 수 있고, 어떤 경우에는 투여 중간에 금단증상(낮 동안의 불안, 격앙)이 나타날 수 있다. 그러므로 갑작스럽게 투여를 중지하는 일은 피해야 하며, 수주 이상 동안 최소 용량 이상으로 투여한 경우 점진적인 용량의 감소가 필수적이다.

- 비교적 다루기 힘들고 흔한 이상 반응으로 졸음, 어지러움이 나타날 수 있다(1퍼센트 이상).

- 다음과 같은 이상 반응이 드물게 나타났다(0.5퍼센트 미만). 변비, 미각 이상, 설사, 구갈, 피부염·알레르기, 꿈·악몽, 불면증, 이명, 감각 이상, 허약, 울혈, 이뇨제를 투여받은 환자 중 간부전으로 인한 사망, 몽롱 상태, 불안, 초조, 협조운동실조, 불쾌감, 심흉부 불쾌감, 피하출혈, 심계항진, 흉부압박감, 혈압 상승, 혈압 강하, 권태감, 혀의 꼬임, ALT, AST, γ-GTP, ALP 상승.

- 다른 벤조디아제핀계 약물 사용과 관련하여 다음과 같은 이상 반응이 보고된 바

있다. 건망증, 혼돈 상태 및 초조, 근긴장 이상, 식욕부진, 피로, 진정, 언어 장애, 황달, 가려움, 성욕 변화, 월경불순, 요실금, 요저류.

– 역효과: 자극, 격앙 상태(불안, 자극과민, 흥분), 근육경련의 증가, 수면 장애, 환각, 공격성, 낙상, 실신, 몽유, 망상, 이상한 행동 및 기타 역행위, 가슴쓰림, 설열감, 위염, 섬망, 혼미, 무력증.

⑤ 일반적 주의: 약 복용 후 완전히 깨지 않은 채로 침대에서 일어나 운전을 하는 사례가 보고되었고 그러한 행동에 대해서는 주로 기억을 하지 못했다. 수면진정제 복용 후 완전히 깨지 않은 환자에게서 음식 준비나 먹기, 전화하기, 성관계와 같은 다른 복합 행동이 보고되었다. 수면 운전과 같이 환자들은 이러한 행동을 대체로 기억하지 못한다.

2) 스틸녹스(10밀리그램)

① 성분: 졸피뎀타르타르산염.

② 효과: 불면증의 단기 치료.

③ 용법과 용량: 이 약은 작용 발현이 빠르므로 취침 바로 직전에 경구 투여한다. 성인의 1일 권장량은 10밀리그램으로 가장 낮은 효과적인 용량을 사용해야 하며, 권장량 10밀리그램을 초과해서는 안 된다. 치료 기간은 가능한 짧아야 하며 4주를 넘지 않도록 한다. 치료 기간에 따라 남용과 의존성의 위험이 증가하므로 환자 상태에 대한 재평가 없이 최대 치료 기간을 초과하여 투여해서는 안 된다.

④ 이상 반응

– 신경계: 졸음, 두통, 어지러움, 불면증 악화, 선행성 건망증(건망증 증상은 부적절한 행동과 연관될 수 있다)과 같은 인지 장애, 감각 이상, 떨림, 집중 장애, 언어 장애, 의식 상태 저하.

– 정신병적: 환각, 초조, 악몽, 우울, 혼동, 과민, 안절부절, 공격성, 몽유병, 다행감, 성욕 장애, 망상, 의존성(금단증상 또는 치료 중단 후의 반동성 효과), 분노, 비정상적인 행동, 복합 수면 행동, 섬망.

– 전신: 피로, 보행 장애, 넘어짐(주로 노인 환자 중 처방에 권장된 방법으로 복용하지 않은 경우), 약물 내성.

– 안질환 : 복시증, 시각 혼탁, 시각 장애.

– 호흡기계: 호흡억제.

– 위장관계: 설사, 오심, 구토, 복통.

– 근골격계 및 결합조직: 요통, 관절통, 근육통, 근경련, 경부통, 근무력.

– 피부 및 피하조직: 발진, 가려움, 다한증, 두드러기.

– 면역계: 혈관신경증성 부종.

– 간 담도: 간효소 상승, 간세포·담즙정체성 또는 혼합성 간손상.

– 감염: 상기도 감염, 하기도 감염.

– 대사 및 영양: 식욕 이상.

⑤ 일반적 주의

- 내성: 작용 시간이 짧은 벤조디아제핀계 약물 및 벤조디아제핀 유사 약물 등과 같은 진정제 또는 수면제들을 몇 주간 반복 사용한 경우 수면 효과가 경감될 수도 있다.

- 의존성과 금단증상: 이 약의 사용은 남용 그리고 / 또는 신체적·정신적 의존성을 야기할 수 있다. 이 약을 권장 용법·용량으로 사용할 때 의존성의 위험을 최소화할 수 있고, 이러한 위험도는 용량 및 치료 기간에 따라 증가한다. 이 약으로 4주보다 긴 기간 동안 치료받은 환자들에게서 의존성 사례가 더 자주 보고되었다. 일단 신체적 의존성이 나타났을 때 약물을 갑자기 중단하면 금단증상들이 나타날 수 있다. 금단증상에는 두통, 근육통, 극도의 불안, 긴장, 초조, 혼동, 흥분성 등이 포함될 수 있다. 심한 경우 다음의 증상들이 나타날 수도 있다. 비현실감, 이인증, 청각과민, 사지의 저림 및 무감각, 빛, 소음, 신체적 접촉에 대한 과민성, 환각 또는 간질성 발작.

- 반동성 불면증.

- 건망증.

- 기타 정신병적 그리고 '역설적' 반응들.

- 수면 운전과 기타 복합 행동: 수면진정제 복용 후 완전히 깨지 않은 채로 침대에서 일어나 운전을 하는 사례가 보고되었고 그러한 행동에 대해서는 주로 기억을 하지 못했다. 수면 운전은 위험할 수 있으므로 발생 즉시 의사에게 알려야 한다.

이러한 행동은 알코올이나 다른 중추신경억제제와 병용 시 발생할 가능성이 증가될 수 있다. 수면진정제 복용 후 완전히 깨지 않은 환자 상태에서의 음식 준비나 먹기, 전화하기, 성관계와 같은 다른 복합 행동이 보고되었다. 환자들은 이러한 행동을 대체로 기억하지 못한다.

- 정신운동부전.

- 심한 부상: 이 약의 약리학적 특성 때문에 졸음 및 의식 수준의 감소를 유발할 수 있고 이는 넘어짐 및 심한 부상으로 이어질 수 있다.

- 음식물의 영향: 이 약은 음식물과 함께 또는 식후 바로 투여 시 효과가 늦어질 수 있다.

- 기계 조작 및 운전에 대한 영향.

3) 환인클로나제팜(0.5밀리그램)

① 성분: 클로나제팜(벤조디아제핀 계열).

② 효능 및 효과: 간질 및 부분 발작. 원발성 및 2차적으로 전신화된 강직간대발작, 유·소아 간질, 공황 장애.

③ 용법과 용량: 이 약의 용량은 환자의 임상반응과 내약성에 따라 개별적으로 조절해야 한다(초회량으로 성인은 1.5밀리그램을 초과하지 않으나 3~6밀리그램까지가 최대 허용 기준이며, 유아의 경우에도 동일하게 적용한다).

④ 이상 반응

- 의존성 및 금단증상: 벤조디아제핀계 약물은 치료 도중 의존성이 발생될 수 있다. 장기간 투여 중 특히 1일 용량을 갑자기 감소시킬 경우 금단증상이 발현될 수 있다. 진전, 불안정, 수면 장애, 불안, 두통 및 집중력 결여, 격앙, 근육통, 자극과민, 초조함, 긴장, 안절부절, 착란, 간질 발작 등이 나타날 수 있고, 드물게 발한이나 근육 및 복부 경련, 지각 이상, 헛소리, 경련이 나타날 수 있다. 중증의 경우 현실감 소실, 이인증, 청각과민, 무감각, 사지자통, 빛·소리 접촉 등에 대한 자극과민, 환각 등이 나타날 수 있다. 금단증상이 나타나면 의사의 치료를 받아야 하며 갑작스런 투여 중지를 피해야 하고, 단기간 치료 시에라도 1일 용량을 천천히 감소시키면서 치료를 끝내야 한다.

⑤ 내성과 의존성

- 정신신경계: 지침, 졸음, 휘청거림, 어지러움, 두경감, 운동실조 등이 비교적 흔히 나타난다. 이들의 이상 반응들은 대개 일시적이며 일반적으로 치료 중 자연 소실되거나 용량 감소에 의해 소실된다. 또한 치료 시작 시 용량을 천천히 증가시킴으로써 일부 예방할 수 있다. 때때로 신경과민(기분 나쁨, 흥분 등), 무기력, 기분 불안정, 근긴장 저하, 두통, 두중, 불면, 주의력 저하, 몽롱함, 드물게 진전, 마비감, 운동 과다, 행동 이상, 보행 이상, 불안, 환각, 근긴장 항진이 나타날 수 있으며 실성증, 무도병, 길항운동반복 불능증, 편측부전 마비가 나타날 수 있다. 격앙, 공격적 행동, 정신집중 장애, 반응지연 및 선행성 건망증이 관찰된 바 있다. 정신 장애가 있는 환자에게 투여하면 역설적인 자극 흥분, 착란 등이 나타날

수 있다. 어떤 형태의 간질에서는 장기간 치료 중 발작의 빈도 증가가 나타날 수

있다. 특히 장기간 연용 시 또는 고용량 투여 시 구음 장애, 보행 및 운동 장애가

나타날 수 있다.

- 호흡기: 숨가쁨, 가슴울혈, 때때로 천명, 드물게 수면 중의 다호흡 발작, 호흡곤

란, 호흡억제, 기도분비 과다, 객담 증가, 기침이 나타날 수 있고 드물게 인두부

종, 흉통이 나타날 수 있다.

- 눈: 복시, 시야 흐림, 눈부심, 안구진탕.

- 소화기계: 시실금, 때때로 타액 증가(유연 등), 식욕부진, 구역, 구토, 드물게 연하

장애, 구내염, 상복부증상, 복통, 변비, 설사, 딸꾹질, 식욕항진, 구갈.

- 비뇨기계: 야간 빈뇨, 드물게 요실금, 배뇨곤란.

- 혈액: 드물게 백혈구 감소, 빈혈, 혈소판 감소, 호산구 증가, 혈관신경성 부종.

- 간장: 간비대, 때때로 AST·ALT의 상승, 드물게 ALP·LDH·γ-GTP의 상승.

- 피부: 드물게 두드러기, 가려움, 피부 발진, 일시적 탈모, 색소 변화, 다모증, 발

진, 발목·얼굴 부종.

- 과민증: 과민증이 나타나는 경우에는 투여를 중지해야 한다.

- 기타: 때때로 무력감이나 권태감, 드물게 체중 감소, 피로, 흥분(열감, 안면홍조),

발열, 체중 증가, 코골음, 월경불순, 성욕 감퇴, 음위, 발한, 림프절 종대.

⑥ 국외 시판 후 보고된 이상 반응

- 면역계: 벤조디아제핀 복용 시 알려지 반응 및 매우 드문 경우 아낙필락시스 반

응이 보고되었다.

- 내분비계: 소아의 2차 성징 가역적 발달(사춘기 조숙증)이 보고되었다.

- 정신 장애: 집중력 저하, 안절부절, 착란, 지남력 장애가 보고되었다. 이 약을 복용한 환자에게서 우울증이 발생할 수 있으나 이것은 원질환과 관련된 것일 수 있다.

- 역설 반응: 흥분성, 과민성, 공격적 행동, 초조함, 신경과민, 적개심, 불안감, 수면 장애, 악몽, 생생한 꿈, 성욕 감퇴.

- 신경계 장애: 졸림, 느린 반응, 근육긴장 저하, 현기증, 조화운동불능, 두통, 조음곤란, 운동조화감소, 보행 장애(조화운동불능), 안구진탕, 간질 빈도 증가.

- 시각 장애: 시력 장애(복시).

- 심장 장애: 심정지를 포함하는 심부전증.

- 위장관계 장애: 구역 및 상복부 증상.

- 피부 및 피하조직 장애: 두드러기, 소양증, 발진, 일시적인 탈모증, 색소침착.

- 근골격계 및 연결조직 장애: 빈번하고 대부분 일시적인 근육약화.

- 신장 및 요로계 장애: 드물게 요실금.

- 생식기계 및 유방 장애: 드문 경우 발기부전.

- 전신 장애 및 적용부위: 빈번하고 대부분 일시적인 피로(피곤함, 권태감), 흥분을 포함하는 역설 반응.

- 상해, 중독, 적용상 합병증: 벤조디아제핀계 약물을 복용하는 경우 추락 및 골절.

- 조사: 드물게 혈소판 수 감소.

표1 ㅣ 투여 중지와 관련된 가장 흔한 이상 반응(≥1%)

이상 반응	클로나제팜(N=574)	위약(N=294)
졸림	7%	1%
우울증	4%	1%
현기증	1%	<1%
신경과민	1%	0%
운동실조	1%	0%
지적능력 감퇴	1%	0%

- 클로나제팜을 투여한 환자에게서 1퍼센트 이상 발생한 이상 반응: 2건(6주, 9주)의 공황 장애 급성 치료 임상시험에서 나타난 이상 반응의 발생률을 반올림하여 표2에 나타냈다. 위약을 투여한 환자보다 클로나제팜(투여 용량: 0.5밀리그램~4밀리그램/일)을 투여한 환자에게서 발생 빈도가 더 높고, 클로나제팜 투여 환자의 1퍼센트 이상에서 보고된 이상 반응이 포함됐다.

표2 ㅣ 6주, 9주간 위약-대조 임상시험에서 보고된 이상 반응*

이상 반응	클로나제팜 최대 일일 투여량					위약
	1 밀리그램 미만	1~2 밀리그램 미만	2~3 밀리그램 미만	3 밀리그램 이상	전체 이 약 투여 집단	
	n=96, %	n=129, %	n=113, %	n=235, %	n=574	n=294, %
중추&말초신경계						
졸림†	26	35	50	36	37	10
현기증	5	5	12	8	8	4
비정상적 협동†	1	2	7	9	6	0
운동실조†	2	1	8	8	5	0
구음 장애†	0	0	4	3	2	0
정신계						
우울증	7	6	8	8	7	1

나는 수면제를 끊었습니다

기억 장애	2	5	2	5	4	2
신경과민	1	4	3	4	3	2
지적능력 감퇴	0	2	4	3	2	0
감정 불안정	0	1	2	2	1	1
성욕 감퇴	0	1	3	1	1	0
착란	0	2	2	1	1	0
호흡기계						
상기도감염†	10	10	7	6	8	4
부비동염	4	2	8	4	4	3
비염	3	2	4	2	2	1
기침	2	2	4	0	2	0
인두염	1	1	3	2	2	1
기관지염	1	0	2	2	1	1
위장관계						
변비†	0	1	5	3	2	2
식욕 감퇴	1	1	0	3	1	1
복통†	2	2	2	0	1	1
전신						
피로	9	6	7	7	7	4
알레르기 반응	3	1	4	2	2	1
근골격계						
근육통	2	1	4	0	1	1
저항체계 이상						
인플루엔자	3	2	5	5	4	3
비뇨기계						
빈뇨	1	2	2	1	1	0
요로 감염†	0	0	2	2	1	0

시야 이상						
흐린 시력	1	2	3	0	1	1
생식기계 이상✝						
여성						
월경통	0	6	5	2	3	2
질염	4	0	2	1	1	1
남성						
지연 사정	0	0	2	2	1	0
발기부전	3	0	2	1	1	0

* 클로나제팜으로 투여한 환자에게서 적어도 1퍼센트 이상 발생한 이상 반응. 발생 빈도가 위약 투여군 보다 큼.
† 이상 반응 발생 빈도에 대한 용량-경향 시험(Cochran-Mantel-Haenszel)에서 p-값이 0.10이하를 나타냄.
✝ 클로나제팜 투여군에서 남성(n=240), 여성(n=334). 위약 투여군에서 남성(n=102), 여성(n=192).

표31 6주, 9주간 급성 치료 임상시험에서 가장 흔하게 보고된 이상 반응*

이상 반응	클로나제팜(N=574)	위약(N=294)
졸림	37%	10%
우울증	7%	1%
비정상적 협동	6%	0%
운동실조	5%	0%

* 클로나제팜 투여 환자에게서 치료와 관련되어 나타난 빈도가 5퍼센트 이상인 이상 반응. 위약 투여 환자에 비해 적어도 2배 이상임.

4) 큐로켈(12.5밀리그램)

① 성분: 쿠에티아핀푸마르산염 14.39밀리그램.

② 효능 및 효과

– 조현병

– 양극성 장애(양극성 장애 1형과 관련된 조증 삽화의 급성 치료, 양극성 장애의 우울 삽화의 급성 치료, 쿠에티아핀 투여로 조증·혼재 또는 우울 삽화에 반응을 보인 환자들에게 있어 양극성 장애의 재발 방지).

③ 용법과 용량: 성인은 1일 2회 복용하며 최대 1일 800밀리그램까지 가능하지만 1일 200밀리그램씩 순차적으로 증량해나가야 한다.

④ 이상 반응

– 가장 흔하게 보고된 이상 반응은 졸림, 어지러움, 구강 건조, 경미한 무력증, 변비, 빈맥, 기립저혈압, 소화불량이다.

– 다른 항정신병 약과 마찬가지로 실신, 신경이완제 악성증후군, 백혈구 감소증, 호중구 감소증, 말초부종이 이 약의 투여와 관련 있었다.

기관계	빈도	이상반응
신경계	매우 자주	어지러움, 졸림
	자주	실신, 추체 외로증상, 구음 장애
	때때로	발작, 불안정다리증후군, 지연성 운동 이상증
정신계	자주	악몽
소화기계	매우 자주	구강 건조
	자주	변비, 소화불량
	때때로	삼킴 곤란

호흡기계	자주	비염
심혈관계	자주	빈맥
혈관계	자주	기립성저혈압
혈액 및	자주	백혈구 감소증
림프계	때때로	호산구 증가증
면역계	때때로	과민 반응
	매우 드물게	아나필락시스 반응
생식기계	드물게	지속 발기증(음경 강직증), 유즙 분비증
대사 및 영양	자주	식욕증진
전신 및	매우 자주	금단증상
투여 부위	자주	경미한 무력증, 말초 부종, 과민성
	드물게	항정신병약물악성증후군, 혈중 크레아틴 인산 효소 증가
임상 수치	매우 자주	혈청 트리글리세리드 증가, 총 콜레스테롤 증가 (주로 LDL 콜레스테롤), HDL 콜레스테롤 감소, 체중 증가
	자주	혈청 간 효소(ALT, AST) 증가, 호중구 수 감소, 고혈당 수준으로의 혈당 증가, 혈청 프로락틴 증가
	때때로	γ-GT 증가, 혈소판 감소
간 담도 장애	매우 드물게	간부전

* 이상 반응 발현 빈도는 매우 자주(10%≥), 자주(≥1%~〈10%), 때때로(≥0.1%~〈1%), 드물게 (0.01%~〈0.1%), 매우 드물게(〈0.01%)로 구분했다.

⑤ 일반적 주의사항

– 심혈관계 질환, QT 연장, 체중 증가, 발작, 고프로락틴혈증, 체온 조절, 삼킴곤란, 자살.

- 급성 금단증상: 항정신병 약을 갑자기 중단한 후에 구역, 구토, 불면을 포함하는 급성 금단증상이 매우 드물게 나타났다. 또한 정신병 증상의 재발이 나타날 수 있고, 응급의 비자발적 운동 질환(정좌 불능, 이소증, 운동 이상증)이 보고되었다. 따라서 이 약의 투여를 중단하는 경우 최소 1~2주에 걸쳐 점진적으로 용량을 감량해야만 한다.

- 우울 증상의 계속적인 악화, 자살 성향의 발현 또는 자살 성향의 전구 증상일 가능성이 있는 증상.

- 지질: 쿠에티아핀의 임상시험에서 트리글리세라이드 및 콜레스테롤의 증가가 관찰되었다. 지질 수치 증가는 임상적으로 적절히 관리되어야 한다.

- 대사성 위험: 임상시험에서 관찰된 체중, 혈당, 지질 수치의 변화로 보았을 때 대사성 위험의 악화 가능성이 있으므로 임상적으로 적절히 관리해야 한다.

5) 스리반(1밀리그램)

① 성분: 로라제팜 1밀리그램(벤조디아제핀 계열).

② 효능 및 효과: 신경증에서의 불안·긴장·우울의 치료, 정신신체 장애(자율신경실조증, 심장신경증)에서의 불안·긴장·우울의 치료.

③ 용법과 용량: 마취 전 투약, 성인 1일 최대 10밀리그램까지 가능.

④ 이상 반응

- 의존성 및 금단증상: 대량 투여에 의해 정신적·육체적 약물 의존성을 일으킬 수

있으므로 관찰을 충분히 하고 용량을 초과하지 않도록 신중히 투여한다. 또한 대량 투여 또는 연용 중에 투여량의 급격한 감소 또는 중지에 의해 드물게 경련 발작, 때때로 헛소리, 진전, 불면, 불안, 환각, 망상 등의 금단증상이 나타날 수 있으므로 중지할 경우 천천히 감량한다.

- 정신신경계: 조현병 등의 정신 장애가 있는 사람에게 투여하면 오히려 불안, 흥분, 우울, 자극 과민, 착란, 환각, 정신병, 기타 행동 장애 등의 역설적 반응이 나타날 수 있으므로 관찰을 충분히 하고 이러한 증상이 나타나는 경우에는 투여 중지 후 적절한 처치를 해야 한다.

- 졸음, 어지러움, 휘청거림, 기립성 조절 장애, 두중·두통, 두부압박감, 이명, 불면, 심계항진, 보행실조 등이 나타날 수 있다.

- 눈: 안구진탕, 시력불선명 등의 시각 장애.

- 간: 간 기능 이상.

- 소화기계: 구역, 구토, 설사, 변비, 식욕부진, 구갈, 위부불쾌감, 위부팽만감, 상복부통, 가슴쓰림.

- 호흡기계: 다른 벤조디아제핀계 약물에서 만성 기관지염 등의 호흡기 질환에 사용한 경우 호흡억제가 나타났다는 보고가 있으므로 관찰을 충분히 하고 이러한 증상이 나타나는 경우에는 투여 중지 후 적절한 처치를 해야 한다.

- 순환기계: 때때로 혈압 저하.

- 과민 반응: 부종·혈관부종, 호흡곤란, 때때로 발진, 가려움이 나타날 수 있으므

로 이러한 경우에는 투여를 중지한다.

- 골격근: 권태감, 무력감 등의 근긴장 저하가 나타날 수 있다.

- 기타: 드물게 혀의 꼬임, 성욕의 변화, 요실금 등이 나타날 수 있다.

⑤ 국내 자발적 이상 사례

　〈국내 자발적 이상 사례 보고 자료(1989년~2015년 6월)〉를 분석한 결과 이상 사례가 보고된 다른 의약품에서 발생한 이상 사례에 비해 통계적으로 유의하게 많이 보고된 이상 사례는 다음과 같았다. 다만 이것이 해당 성분과 다음의 이상 사례 간에 인과관계가 입증된 것을 의미하는 것은 아니다.

- 정신계: 섬망, 혼미, 기억상실, 공격적 반응, 이상 사고(이상한 생각).

- 신경계: 운동 과다, 언어 장애, 운동 이상, 감각 저하.

＊출처: 약학정보원(http://www.health.kr/)

수면 위생

수면 위생이란 잠자리에 대한 청결을 이야기하는 것이 아니라 잠을 자기 위해 지켜야 할 하나의 생활 습관을 말한다. 수면 위생은 불면증과 수면 장애를 비롯, 단약과 정서적 질환 외에 건강을 위한 기본 수칙이라고 할 수 있다.

1. 정해진 시간에 잠자리에 들고 기상한다. 자신이 기준으로 정한 시간에서 2시간 이상 벗어나지 않는다.

2. 아침에 눈을 뜨면 곧바로 일어난다. 일어나서 밝은 빛을 쐬면 잠을 깨는 데 도움이 된다.

3. 낮에 규칙적으로 운동을 한다. 최대한 햇빛을 받으며 30분 이상 또는 1시간 정도 산책을 하는 것이 좋다. 다만 취침 전에 격렬한 운동은 자극이 될 수 있으므로 피한다.

4. 커피, 홍차, 녹차, 초콜릿 음료, 콜라, 피로회복제 등 카페인이 든 음료를 피한다. 부득이한 경우에는 취침 6시간 전까지만 마시도록 한다.

5. 저녁에 과식하지 않도록 주의한다. 저녁 시간에 과식을 하면 위가 자극이 되어

잠들기가 더욱 힘들어지므로 식사 후 허기가 지면 우유보다는 쌀 음료, 아보카도나 삶은 달걀 등으로 보충하는 것을 추천한다.

6. 낮잠을 자지 않는다. 밤에 잠들기 더 힘들어진다.

7. 취침 시간 이외에는 침대에 눕지 않는다. 수면의 목적이 아닌 텔레비전 시청이나 독서 등 일상생활에서 침대에 눕는 습관을 버린다.

8. 침실은 늘 쾌적하고 조용하게, 조도를 낮추고 안정감 있게 유지한다.

9. 술과 담배는 정신적으로 흥분을 일으키고 숙면을 방해하므로 피한다.

10. 잠자리에 누워 30분 이상이 지났는데도 잠이 오지 않으면 자리에서 일어나 다른 장소에 가서 책을 읽거나 음악을 듣는 등 자극이 적은 가벼운 활동을 하다가 다시 잠을 청한다.

11. 자다가 깨거나 잠자리에 들 때 일부러 시계를 보지 않는다. 시계를 보게 되면 잠을 자지 못한 부분에 대해 걱정하게 되고, 걱정을 하면 긴장되고 생각이 많아져 잠이 더욱 달아난다. 침실에 시계를 놓지 않는 것도 방법이다.

12. 잠을 충분히 자지 못해도 동일한 시간에 기상한다. 피곤하다고 자리에 더 누워 있거나 틈만 나면 누워 있는 습관은 밤에 잠을 더욱 오지 않게 만든다.

나는 수면제를
끊었습니다

초판 1쇄 인쇄 | 2022년 1월 5일
초판 1쇄 발행 | 2022년 1월 18일

지은이 | 정윤주
펴낸이 | 전준석
펴낸곳 | 시크릿하우스
주소 | 서울특별시 마포구 독막로3길 51, 402호
대표전화 | 02-6339-0117
팩스 | 02-304-9122
이메일 | secret@jstone.biz
블로그 | blog.naver.com/jstone2018
페이스북 | @secrethouse2018
인스타그램 | @secrethouse_book
출판등록 | 2018년 10월 1일 제2019-000001호

ⓒ 정윤주, 2022

ISBN 979-11-90259-96-5 03810